Tatjana Goritschewa

Hiobs Töchter

Aus dem Russischen
von Birgit Butz

Herder

Freiburg · Basel · Wien

Reihe *frauenforum*
Herausgegeben von Karin Walter

Umschlagbild: Alexej Jawlensky, Leidenschaft und Erkenntnis, 1936

Alle Rechte vorbehalten – Printed in Germany
© Verlag Herder Freiburg im Breisgau 1988
Herstellung: Freiburger Graphische Betriebe 1988
ISBN 3-451-21043-6

Inhalt

Hiobs Töchter 7

Wie es begann
Unser Almanach 10
Zwischen Himmel und Hölle: der Alltag 12
Verschwenderische Liebe 16
Ein Lachen über dem Abgrund 18
Wie das Mitleid entstand 20

Zusammen sind sie wie ein Chor
Man müßte ein Genie sein 23
„Ist Natascha zu Hause?" 24
Für alle reicht Irinas Kraft 27
Die Dienerin Gottes, Galina 33
„Reines Wasser" 38
Lebendige Ikonen 43
Noch viele andere 44

Strategien der Angst – Perspektiven der Rettung
Geiseln der Gesellschaft 46
Die erfüllte Welt 49
Spürbare Anwesenheit der Gnade 50
Der Wohlgeruch des Paradieses 52
Ewige Weiblichkeit Gottes 55
Aus dem Brief eines Dichters 58

Christentum und Postmodernismus
Die Zeit, in der wir leben 60
Wie der Schleier der Maja 62
Leben auf Kosten anderer – und schöpferisches
Tun 66
Das Heilige ist das Reale 68
Das „Einmalige" des Christentums 72
Die Jungfräulichkeit der Mutter Gottes 74
Verlust des Körpers 76
Die „männliche" Zivilisation 81
Jenseits von Aktivität und Passivität 83
Die Demut und der Geist der Schwere 89

Sexualität und Eros
Der Feminismus und die Stufen der christlichen
Freiheit 91
Sexualität und Schamgefühl 96
Der Eros bei den Kirchenvätern 98
Der Eros und die moderne Welt 100
Rechtfertigung des Schamgefühls 102
Der Verlust des Geschlechts – Unifizierung des
Lebens 103

Anders sein
Das Neue im Evangelium 108
Mutterschaft: Schicksal und Freiheit 111
Aufgerufen zum Personsein 118
Die Frau ist doppelt Person 120
Das Anderssein der Frau 123
Zwei verschiedene Weisen, „anders" zu sein . . . 128

Hoffnung auf Maria
„Über dich, Freudenreiche, freuen sich alle
Geschöpfe" 131
Hoffen wider alle Hoffnung 137

So gesehen ist es unwichtig, welche Rolle wir in dieser Welt spielen. Im Gegenteil: Unsere einzige Aufgabe ist es, niemand und nichts zu sein, der „letzte Bettler", der verachtete Verrückte, der Kehricht der Welt. Nur dies zählt: Nichts anderes zu kennen „als Christus, und zwar als den Gekreuzigten" (1 Kor 2,2).

Wie es begann

Unser Almanach

Wir gehen den langen, zickzackförmigen Gang der Wohnung entlang, einer Gemeinschaftswohnung, in der Tatjana Mamonowa ein Zimmer hat. Allen voran schreitet sie, stolz, hocherhobenen Hauptes: Tatjana Mamonowa. Hinter ihr die kleine, schmächtige Julia Vosnessenskaja – mich hat dieser Kontrast in Julia immer verblüfft: die Frau, die am wenigsten Angst hat, und eine solche Leichtigkeit, solche Schwerelosigkeit. Dann Natascha Malachowskaja – mit unerwartet fröhlichem Gesicht. Eine Fröhlichkeit, die aus der Kühnheit stammt, aus der Freude über die endlich gefundene, für sie selbst notwendige Sache. Diese Sache ist der Almanach „Frau und Rußland", unsere Frauenbewegung. Aus den Zimmern der Gemeinschaftswohnung schauen die Nachbarn heraus. Sie wissen, spätestens nach einigen Besuchen der KGB-Mitarbeiter, daß neben ihnen eine „Dissidentin" wohnt. Manche von ihnen haben sich sogar über diese Besuche gefreut. Sie gehören zu den Leuten, die auch heute noch am Festtagstisch sitzen und singen: „Für das Vaterland, für Stalin." Gott sei Dank, muß man auch heute noch wachsam sein, so denken sie: Der Klassenfeind, die Feministin Mamonowa, wohnt nebenan!

Wir sind in Tatjana Mamonowas Zimmer. Es gibt Streitgespräche. Tatjana, die auch die Initiatorin der

Unausgefülltsein des geistigen Lebens. Wenn dieses allein nicht mehr ausreicht, wenn die Realität der Soziologie sich als stärker erweist als die Mystik, wenn die Macht des Geistes und der Gnade die Realität nicht mehr bestimmt und umwandelt, dann erst entsteht die Frage nach der Macht des Menschen. Macht steht immer in der Gefahr, ideologisiert und so zur Versuchung zu werden. Das gilt selbstverständlich auch da, wo der Dienst des geistlichen Amtes sich mit Strukturen organisierter Macht verbindet. Für das kirchliche Amt aber sollte Berufung gelten und nicht solche Macht. Die orthodoxe Kirche, die nie amtlich strikt organisiert war, unterlag der Versuchung nicht so sehr wie die westliche Kirche, wo die Frage nach dem Amt offensichtlich als Frage der Macht diskutiert werden kann.

Die religiöse Wirklichkeit des russischen Lebens hat sich mit der allergrößten Intensität gezeigt. Noch in den kleinsten Dingen war diese Wirklichkeit eschatologisch bestimmt. Das galt noch für die Extreme des Lebens und des Todes, und auch für Menschen, die nicht mehr mit Gott rechnen und keinen Verkehr mit ihm pflegen.

Aber wenn ich diesen Gedanken über die eschatologische Radikalität des russischen Lebens niederschreibe, muß ich freilich auch das bedenken: daß bei uns die eschatologische Orientierung bisweilen in Anarchie umschlug. Und vielleicht spiegelt die Gleichgültigkeit der russischen Frau gegenüber der Frage, „ob sie Priester sein kann", auch die alte russische Gleichgültigkeit gegenüber der Macht wider. Und in der Tat: ungeachtet des faktischen russischen oder sowjetischen „Imperialismus" war im russischen Bewußtsein Macht immer etwas Sündhaftes. Deshalb etwa hat man den Zaren, wenn er den Thron bestieg und anfing zu herrschen, auch gesalbt, um durch die Heiligung der Macht „den Stachel der Sünde" zu entfernen. Der Monarch trug die Macht als schweres Kreuz. In einer altrussischen Legende über den Anfang des russischen Staats wird erzählt, daß die Russen Angehörige eines anderen Volkes in ihr Land riefen, damit sie darin herrschten. Sie sagten, ihr Land sei groß, aber es sei wenig Ordnung darin: „Kommt zu uns, und herrscht!"

Mir scheint, daß auch eine derartige Gleichgültigkeit gegenüber der Macht, ja sogar eine Verachtung für sie sowohl positive wie negative Seiten hat.

Das Positive liegt darin, daß der russische Mensch nicht an dieser Welt hängt und nicht von irdischen Dingen abhängig sein will. Politik hat er immer für eine „schmutzige Sache" gehalten. Er ist demütig und geduldig. Aber eben diese Langmut ist ambivalent und kann ins Negative umschlagen. Das hat dann zur Folge, daß nicht die Besten herrschen. In der sowjetischen Epoche war die Konsequenz, daß die Macht in die Hände der Schlechtesten gefallen ist.

Die Kluft zwischen dem Paradies (wohin uns die Demut und die „Armut des Geistes" führen) und der Hölle (in die uns die Unorganisiertheit und die Unfähigkeit, politisch zu denken, gebracht haben) besteht in Rußland als Dauerzustand. Ein mittleres, normales, durch das Recht und bürgerliche Tugenden geschütztes Leben gab es nicht und gibt es nicht. Die Alternative hieß immer: das Tier aus dem Abgrund oder die Heiligkeit. Eigentlich ist dies fast eine christliche Alternative. Aber wie oft fallen die Russen aus den Höhen der geistigen Freiheit! Dann verwandelt sich der Maximalismus einfach in Ungeduld. Man kann auf der Stelle für Gott sterben. Aber Tag für Tag für ihn arbeiten, das kann man nicht.

Und hinter der Gleichgültigkeit der Welt gegenüber verbirgt sich oft einfach Faulheit, der Wunsch, sein Leben nicht organisieren zu müssen.

Zu leiden hat darunter, daß man sich nur für die großen Existenzfragen, nicht aber für das alltägliche Leben interessiert, vor allem nicht für das der russischen Frau. In ihrem Alltag füllt sie gleichsam diese „Abgründe" zwischen dem Paradies und der Hölle aus. Ihr bleibt gar nicht die Zeit, faul zu sein und das zu verachten, was Simone de Beauvoir die „ephemere Positivität" genannt hat, das, was jeden Tag neu und immer wieder getan werden muß: waschen, putzen, aufräumen, also die Beschäftigung mit dem konkreten Leben. Und wie oft dankt man den Frauen nicht einmal dafür, da man denkt, „daß es so sein müsse".

Und so wird auch die Frage „nach der Macht", nach den Rollen in der Kirche, in Rußland überhaupt nicht als Problem gesehen. Dies wäre ein Problem des Diesseits, das im Zusammenhang mit der Kirche nicht interessiert.

Wie nie zuvor steht das Leben in Rußland heute unter eschatologischem Vorzeichen. Gott unterzieht Hiob härtesten Prüfungen. Das Böse hat seine ganze Macht gezeigt. Es wurde so grenzenlos und lähmend, daß wir verstanden: Es ist sinnlos, seine Grenzen zu suchen, das ist uns noch nicht gegeben. Das Böse bleibt ein Geheimnis. Das Gute aber, das sich mit noch größerer Macht gezeigt hat, ist für uns noch weniger erklärbar. Deshalb ist die Antwort an Gott auch heute: das Danken, das Staunen, die Reue. Und Fragen an Gott sind vorläufig nicht so wichtig. Und auch die Fragen an die Kirche sind in einer solchen eschatologisch bestimmten Situation nicht wichtig. Denn die Kirche ist in dieser Situation ja gerade nicht fragwürdig. Sie ist *die* Antwort. Zu diesem gerade erst entstandenen Leben, das sich seinen Weg unter dem Asphalt hervorgesucht hat, paßt die Antwort besser als die Frage. Und ebenso wie Gott uns immer wieder neu aus dem „Nichts" erschafft, wollten auch wir nur schöpferisch sein.

Unsere russische Frauenbewegung war vor allem dies: Kreativität – auf dem Gebiet des Denkens, der Politik, der menschlichen Beziehungen. Es war also kein Werk der Fragen, sondern der Antwort auf die großen Fragen. Die Kirche gibt uns heute alles, was wir brauchen: Im Enthusiasmus der Neubekehrten entdecken wir die Ganzheit und die Heiligkeit der Kirche. Fragen entstehen meist erst dann, wenn die Ganzheit brüchig wird. Fragen können vielleicht erst später kommen, wenn man sich daran gewöhnt hat, in der Kirche zu sein. Antwort zu geben, das ist eine Form von Kreativität, die eng verbunden ist mit der Person und nicht gebunden ist an das Geschlecht des Menschen. Wahrscheinlich würden viele russische Frauen noch heute die Worte der Dichterin Marina Zwetajewa unterschreiben: „Eine Frauenfrage gibt es beim schöpferischen Gestalten nicht. Es gibt auf die Frage nach dem Menschen Antworten von Frauen, wie sie Sappho gegeben hat, Jeanne d'Arc, die heilige Teresa, Bettina von Brentano ..."

Verschwenderische Liebe

Neubekehrte Intellektuelle haben in Rußland die Bewegung „Maria" angefangen. Aber Auslöser waren nicht ihre eigenen engen intellektuellen Fragen. Für sie, die in die Kirche eingetreten waren, war der „soziale" Status nicht mehr wichtig, es ging auch nicht um Probleme der Bildung. In der Kirche trafen wir einfache Frauen, das Volk. In der Kirche entdeckten wir auch in uns selbst die Einfachheit, diese Zugehörigkeit zum Volk.

Wir trafen eben jene vom Sowjetsystem geprägten, aber dennoch russischen Frauen, die, vom Leben mitgenommen und gequält, früh gealtert sind und die alles mögliche durchgemacht haben. Es waren jene, die wir täglich in der Metro, beim Schlangestehen, auf dem Markt sahen. Nur – hier in der Kirche waren sie es, und sie waren es doch auch wieder nicht. Mit glücklichen Gesichtern, offen für uns und für Gott. Und wie sie mit ihren Augen schauten, das war so, als ob sie das ganze Leben hindurch blind gewesen, jetzt aber im Gottesdienst auf wunderbare Weise sehend geworden seien, verzaubert und ergriffen von seinem stillen und alles durchdringenden Licht.

Und wenn wir sangen: „Meine Herrscherin, du Allerseligste, meine Hoffnung gilt dir, Gottesgebärerin", dann fiel die ganze Gemeinde auf die Knie nieder, wie aus einem Geist.

Dieses Gebet hat mich gerettet, es heilte mich, und es heilt mich auch heute noch.

Aus dieser Erfahrung wird für mich deutlich: Das Wichtigste für alle Menschen: das ist Liebe ohne Grenzen, Liebe, die keine Bedingungen stellt. Selig der Wagemut der Frau! Im Evangelium beruft der Herr die Apostel, er ruft sie zu sich (Mk 3, 13). Die Frauen aber folgen ihm, so scheint es, von selbst. Es bedarf keiner Geste oder eines ausdrücklichen Aufrufes von seiner Seite. Frauen, die nur vom Heiligen Geist geführt werden, wie einst die allerheiligste Jungfrau, lieben auch heute über alle Maßen. Sie wägen nicht ab, sie fürchten sich nicht davor, etwas zu verlieren. Ihre Liebe ist verschwenderisch, sie sind töricht „für nichts". Die Liebe reicht hinüber in die Wirklichkeit des Wunders, wo nichts mehr verrechnet wird, wo es keine Arithmetik gibt, wo die armselige, irdische, Ursachen untersuchende Logik nichts mehr zu sagen hat. Wie viele Tränen werden heute in russischen Kirchen vergossen, Tränen aus Reue, aus Dankbarkeit, Tränen, die läutern und die Menschen neu gestalten. Tränen wie das kostbare Salböl der Maria Magdalena. Dieses törichte „für nichts", dieses Geschenk, dieser Überfluß gehört notwendig zum Christentum. Er ist wie der Duft des Paradieses, wie der Wohlgeruch der Paradiesblumen. Es ist genau diese geheimnisvolle Heiterkeit, welche die Mutter Gottes ausstrahlt: „Freue dich, du wohlriechendes Salböl, ausgegossen für die ganze Welt!"

Daher rührt auch die Jugend der Christen in Rußland. Sie wirken immer zwei Generationen jünger als ihre Umgebung. Dank ihrer jugendlichen Verschwendungskraft, des Vertrauens in die eigene Zukunft, dank des Fehlens von Nebensächlichem haben sie einst gesiegt. Das ist auch der Grund, warum sie heute den Sieg davontragen.

Ein Lachen über dem Abgrund

Am 1. März 1980 wurde die Wohnung von Julia Vosnessenskaja durchsucht. Die Mitarbeiter des KGB waren hinter der neuesten Nummer der Zeitschrift „Maria" her. Erst am Tag zuvor hatten wir sie fertiggestellt, und unvorsichtigerweise hatten wir sie bei Julia gelassen.

Die KGB-Leute durchsuchten ihre Wohnung die

ganze Nacht hindurch, und gegen Morgen erreichte die Liste der „beschlagnahmten" Dinge die Zahl 500 – Bücher, Zeitschriften, Briefe und natürlich auch unsere „Maria" wurden mitgenommen.

Julia hatte schon einmal eine Zeitlang im Gefängnis gesessen. Im Gegensatz zu vielen anderen, die nach der Gefängniszeit gebrochen waren, sich vom Leben zurückzogen, war Julia noch kühner geworden und riß sich mehr und mehr von allem los.

In ihrem Zimmer waren, als die KGB-Leute eintrafen, gerade einige Freunde. Sie wurden festgehalten und unter Arrest gestellt, während die Hausdurchsuchung vollzogen wurde. Sie waren erstarrt vor Angst. Sie sind zu allem fähig, sagte die Angst.

Julia aber spielte Klavier. Während der Durchsuchung verfaßte sie lustige Liedchen über die Vorstellung, wie die Frauen der KGB-Männer „unsere Zeitschrift Maria" durchlesen würden und wie sie, da sie ja auch Frauen seien, auf unserer Seite sein würden. Und da ihre Männer unter ihrem Pantoffel stünden, würde sich endlich im Lande etwas ändern. Dann machte sie mit uns, um die vor Angst schlotternden Freunde wieder munter zu machen, ein Spiel. Das Spiel vom „Ende der Sowjetmacht". Das Spiel ging nur in Worten vor sich, denn man ließ nicht zu, daß wir uns einander näherten. Es handelte davon, wie das Volk mit dem KGB abrechnen wird und wie wir Christen den Major Karmazkij, der die Hausdurchsuchung leitete, und seine Kollegen retten müssen. Wir lachten, aber in unserem Lachen war keine Ironie – Ironie ist hochmütig, sie fesselt, sie läßt einen nicht Luft holen. Es war ein glückliches, leichtes, befreiendes Lachen, ein Lachen ohne Tadel, ein Lachen über dem Abgrund. Das Hinüberfliegen, das Hinübergleiten zu anderen Welten, in die weit geöffneten Tore der Freiheit. Und es war kein Lachen über sie, die unglücklichen Akteure von Schauerrollen, denen die Musik des Unmöglichen nicht zugänglich ist, die festgepanzert sind gegenüber der Möglichkeit eines Durchbruchs. Ihnen gegenüber kann man nur Mitleid empfinden.

Aber auf dem sichtbaren, menschlichen Plan sind sie die Sieger. Sie vernichten das Leben, sie zertreten, quälen, töten. Es ist ihnen auch gelungen, unsere Bewegung zu zerschlagen, die eigentlich schon im voraus zum Verschwinden verurteilt war. Aber es wird ihnen nicht gelingen, die Kirche zu zerschlagen, die menschlicher Berechnung und dämonischer List nicht unterliegt. Wie der Vogel Phönix stirbt sie ewig – und lebt ewig.

Wie das Mitleid entstand

Begeisterung erfüllte mein Herz eines Tages während des Gottesdienstes. Es war keine künstliche, keine mühsam produzierte, sondern echte Begeisterung. Es gibt eine Vielzahl von Gefühlen, die mich in der Kirche bewegen. Jubel und Heiterkeit sind die häufigsten. Oft ist es auch nur das Empfinden, daheim zu sein, das Gefühl, sie endlich gefunden zu haben: die Heimat. „Es gibt keinen anderen solchen Ort, von dem man mit Sicherheit sagen könnte, daß man schon dort war." Es ist wirklich der Ort, wohin „jeder Mensch gehen kann" – um es mit den Worten Marmeladows aus Dostojewskijs „Schuld und Sühne" zu sagen. So verging der Gottesdienst. Freude überflutete mich, die ich erst vor fünf Minuten Christin geworden war. Ich hatte mich gerade erst bekehrt und war im siebten Himmel. Und plötzlich, an jener Stelle, wo der Chor sang: „Selig sind die Weinenden ...", erinnerte ich mich, wie meine Freunde und ich in der Kindheit eine wunderliche alte Frau auf unserem Hof gequält und verspottet hatten. Sie hieß Baba Katja, die „alte Katja". Sie betete die ganze Zeit, ihr Zimmer hing voller Ikonen. Ich erinnere mich, daß sie sehr krank war. Verwandte hatte sie keine. Sie war eine alleinstehende alte Frau. Wir hatten sie aus irgendeinem Grund in unserer kindlichen Grausamkeit zum Objekt unseres gemeinsamen Spottes ausgewählt: Wir warfen ihr Dreck ans Fenster und erschreckten sie, in ihren Briefkasten steckten wir Zettelchen mit Unanständigkeiten jeder Art. Baba Katja, die kleine alte Frau, ertrug all das geduldig. Nur einmal, als ich irgendwie über Gott „auf der Ikone" lachte, über den Gott mit Bart, schaute sie mich streng an und sagte: „Aber über Gott darfst du nicht lachen, du weißt noch nicht, was mit dir sein wird."

Ich maß ihren Worten natürlich keinerlei Bedeutung bei, aber der Blick dieser kranken, körperlich und seelisch gequälten Frau blieb mir im Gedächtnis haften – in ihm war solch eine klare Kraft und Festigkeit.

Dieser schon vergessene Spott und die Grausamkeit des Kindes kamen mir erst jetzt, zwanzig Jahre später, in den Sinn, und ich begann zu weinen. Auch aus diesen und aus vielen anderen Tränen entstand das, was wir unter uns die „Frauenbewegung" nannten. Es entstand das Mitleid.

Jetzt mit dem Übertritt von Tausenden und Abertausenden von Neubekehrten zum Christentum hat sich die Kirche mit ganz neuen Menschen gefüllt. Jeder von ihnen wurde von Gott gefunden. Oft wurde er „ohne fremde Hilfe" gefunden, auf ganz einzigartige Weise, durch eine plötzliche Bekehrung. Von außen gesehen, kann es so scheinen, als bestünde unsere Kirche aus Millionen von allein dastehenden Menschen. Aber das stimmt nicht. Wir sind alle in einer Welt aufgewachsen, in der versucht wurde, das Christentum ganz auszurotten. Es ist aber nicht gelungen. Und selbst wenn unsere Großmütter nur unter der Bettdecke und im geheimen beteten und ganz selten in die Kirche gingen, wir, die Ungläubigen und Ungetauften, wir mußten dieses Gebet, dieses Seufzen, das nicht laut wurde, fühlen. Das ist der Grund, wieso wir in der Kirche nicht allein sind, auch wenn wir einander nicht kennen. Das Gebet der Märtyrer, die Gebete der verborgenen Christen, sie sind nicht umsonst gewesen.

Zusammen sind sie wie ein Chor

Man müßte ein Genie sein

Ich erinnere mich an Frauen, mit denen das Schicksal mich in Rußland zusammengeführt hat. Aus den vielen, die mir begegneten, habe ich vier Lebensbeispiele ausgewählt, die sowohl typisch als auch einzigartig sind. Sie stellen sich selbst als ein *Ereignis* dar. Die menschliche Person offenbart sich im Ereignis. Im Deutschen bedeutet „Er-eignis" Aneignung, auf russisch verweist das Wort auf „gemeinsames Sein". Die Person trägt diese beiden Bedeutungen in sich – sowohl einzigartige Welt, nur ihr eigen, als auch das gemeinsame Sein mit anderen – mit den Menschen, mit Gott. Von einem Menschen erzählen kann man nur anhand von konkreten Ereignissen, anhand seiner Biographie. Das will ich versuchen. Und wenn es nicht ganz gelingt, dann ist das nur auf einen Mangel an Talent und Liebe bei mir zurückzuführen. Denn man müßte ein Genie sein (was das Talent angeht) und vollkommen (hinsichtlich der Liebe), um den anderen zu verstehen und auf dem Papier die ganze geheimnisvolle Konkretheit seines Lebens ausdrücken zu können. Es sind Porträts russischer Frauen, exemplarische Schicksale von Töchtern Hiobs, die meinen eigenen Lebensweg gekreuzt haben.

„Ist Natascha zu Hause?"

Natascha M. ist jetzt 50 Jahre alt. Als sie 25 war, war sie Schauspielerin, voller Begeisterung für die märchenhafte Welt des Theaters. Sie hatte das Naturell einer Träumerin, sie war ein Mädchen nicht von dieser Welt. In ihr lebte immer das Bedürfnis, ehrlich zu sein, nicht zu lügen. Ein Bedürfnis, das bis zur Krankhaftigkeit gehen konnte. Sie fing an, sich zu schämen, in der Öffentlichkeit aufzutreten, etwas von sich selbst auf der Bühne darzustellen. Sie gab das Theaterspielen auf, obwohl die Menschen, die um sie herum waren, sagten, daß sie eine gute tragische Schauspielerin gewesen sei. Das Gefühl, das Leben sei tragisch, war sehr charakteristisch für sie – manchmal, wenn ich sah, wie angespannt sie lebte, fürchtete ich, daß sie das nicht aushalten könnte, daß sie verrückt würde. In keiner Sache ließ sie Halbheiten zu, sie kannte keine Kompromisse. Sie konnte lieben und sich hingeben wie kein anderer. Was sie an dieser Welt und an ihrer Umgebung verwirrte, das war diese zufriedene Gelassenheit, die Kleinbürgerlichkeit, die sie überall sah. Sie rebellierte. So kamen wir zusammen. Der Aufruhr verband uns. Ich erinnere mich daran, wie wir über die Leutnant-Schmidt-Brücke in Leningrad gingen, auf der viele Menschen waren, die es eilig hatten und dahinhasteten. „Wenn ich jetzt eine Pistole hätte, würde ich alle diese Leute erschießen", sagte Natascha wütend. Im Alter von 30 Jahren trat sie in die Akademie der Künste ein und begann Kunstgeschichte zu studieren. Barlach gefiel ihr, mit ihm verband sie eine offensichtliche Seelenverwandtschaft. Irgendwann in diesen Jahren war sie einige Monate lang verheiratet, die Ehe war aber nicht glücklich. Als Natascha ihren Mann verließ,

Tat vor Freude auf – als ob sie zurückgekehrt wären zu den geschauten Wundern. Besonders schön war Nataschas Gesicht, wenn sie von dem Starez erzählte (sie fuhr regelmäßig ins Kloster), sie gab ihm alle möglichen Kosenamen: nicht nur „Väterchen", sondern auch „liebes Väterchen".

Als ich einmal an ihrer Wohnung läutete, öffneten mir ihre Mitbewohner: halbangezogene Gestalten, Männer und Frauen mit Flaschen in den Händen. „Ist Natascha zu Hause?" fragte ich. Ihre Gesichter hellten sich auf. „Ja, sie ist zu Hause", sagten sie im Chor und führten mich durch den langen Korridor in Nataschas Zimmer. Man konnte sehen, daß sie Natascha mochten und daß es Natascha schon fertiggebracht hatte, den einen und den anderen von ihren Mitbewohnern auf ihre Seite zu ziehen – auf die Seite der Stille, der inneren Reinheit, der Ernsthaftigkeit und der Achtung für die menschliche Würde.

Ich habe Natascha jetzt schon sechs Jahre lang nicht mehr gesehen. Aber wie oft denke ich an ihre Schönheit zurück, an ihr stilles Wesen und ihre Kraft, an ihr Licht, das in der Finsternis leuchtet – und die Finsternis begreift es nicht.

Für alle reicht Irinas Kraft

Irina Senek ist die einzige von meinen Freundinnen, die keine Neubekehrte ist. Sie wurde vor 57 Jahren in der westlichen Ukraine geboren, die sich damals noch nicht unter sowjetischer Herrschaft befand. Die Bekanntschaft mit dieser ukrainischen Dichterin machte ich vor 7 Jahren, als ich sie in der Verbannung besuchte, in einem kleinen, staubigen, von der Welt abgeschnittenen asiatischen Städtchen, weit von Alma-Ata entfernt.

Was sie über sich selbst erzählt, das tauchte mich allerdings in einen ganz erstaunlichen Zustand. Unter dem Ansturm dieser Erinnerungen wurde auch mein Leben schmal bis zur letzten Armseligkeit, es wurde einfacher bis zu den einfachsten Bedeutungen, es sank hinab bis in die Tiefen menschlicher Verlassenheit, um dann aufs neue zurückzukehren zu dem schönen Gesicht dieser Frau, zu ihren liebenden Augen, zu ihrem unermüdlichen, weisen Herzen. Und als ich dasaß in ihrem kleinen Häuschen am Rande der von allen Winden durchblasenen Welt, da wußte ich: Nach allem, was ich hier gehört habe, werde ich niemals mehr ruhig leben können, ich werde niemals mehr in die großartige und pompöse Welt der Bücher und Gedanken zurückkehren, ich bin für immer verwundet von ihren Leiden und dem Schicksal solcher Menschen wie sie.

Es ist das Jahr 1946. Das Jahr ihrer ersten Gefangenschaft: Wegen der Teilnahme an der ukrainischen Befreiungsbewegung 10 Jahre verschärfte Haft in Stalinschen Lagern und 5 Jahre Verbannung. Sie, ein 19 Jahre altes Mädchen, wird schrecklichen Folterungen unterworfen: „Sie schlugen mich nächtelang. Wenn ich hinfiel, übergossen sie mich mit kaltem Wasser, brachten mich wieder zum Bewußtsein und schlugen mich aufs neue. Und danach, wenn sie mich blutüberströmt in den Kerker warfen, flüsterte ich nur: ‚Herrgott, ich danke dir, daß ich mich nicht ergeben habe.' Nachts führten sie mich zu Verhören, und am Tag ließen sie mich nicht schlafen. Ich mußte in der Mitte der Zelle sitzen, und sobald mir der Kopf auf die Knie fiel, brachte mich der Schlag eines Gewehrkolbens sofort wieder zur Besinnung. Danach die sogenannten ‚Komsomolzenbauplätze'. Wir bauten Eisenbahnlinien, arbeiteten in einer Fabrik, wo Eisenbahnschwellen hergestellt werden, im Glimmer. Oft lag ich im Krankenhaus. Wir hatten alle Ernährungsstörungen. Eine Fistel brach auf, einige Jahre lang floß Eiter aus der offenen Wunde, aber der Vorgesetzte sagte: ‚Wir brauchen nicht eure Arbeit, sondern eure Leiden, im Steinbruch wirst du wieder gesund werden.' Im Steinbruch zerschmetterte mir ein Stein die Hand. Ein andermal entdeckten sie bei mir eine Bauchfellentzündung. Als ich nach der Operation aufwachte, hörte ich: ‚Wir haben dir alles herausgeschnitten, die Eierstöcke und alles Innere bestrahlt.'"

Später in der Verbannung zeigte sich, daß sie Tuberkulose der Wirbelsäule hatte: „Die Wirbelsäule hält sich bei Ihnen ganz lapprig." Sie nahmen einen Knochen aus dem Bein und pflanzten ihn in die Wirbelsäule ein. Von neuem lernte sie stehen, gehen, sitzen. Man wollte ihr Arbeitsunfähigkeit ersten Grades bescheinigen. Aber auf ihr inständiges Bitten hin gab man ihr die zweiten Grades. Sonst hätte man sie nämlich zu keiner Arbeit mehr eingestellt.

Und jetzt, schon in der zweiten Verbannung, ist sie froh, daß man sie als Reinemachefrau in einem schmutzigen Provinzgasthaus eingestellt hat. Sie wischt die Fußböden auf, bückt sich wieder und wieder und überwindet den Schmerz. Sie hat sich daran gewöhnt, sich nicht zu schonen. Sogar mir, einer gesunden Frau, gestattet sie nicht, auf dem Fußboden zu liegen. Sie überläßt mir ihr Bett und legt sich selbst auf dem harten Vorleger nieder.

Wie heißt es in einem auf ukrainisch geschriebenen Gedicht?

Es ist besser, ein Hund zu sein,
ein Kater oder ein Ochse,
nur kein Mensch.
...

Es ist besser, ein Stein zu sein,
wenn man sich nur nicht dahinschleppen müßte
in der Menge der Leute
mit einem verwundeten Herzen.

1954. Nach dem Tode Stalins – Gerichtsverhandlungen, Revisionen. Nach 15 Jahren Gulag läßt man sie frei. Sie kehrt in ihre Heimat zurück, in die Ukraine. Aber nicht für lange Zeit: „Die Angeklagte Senek hat den Weg der Besserung nicht eingeschlagen, in der Zeit von 1946 bis 1970 hat sie mit dem Ziel der Untergrabung der Sowjetmacht eine Reihe von Gedichten verfaßt."

Man hat sie für nur zwölf Verse verurteilt! „In ihnen verleumdet sie die nationale Politik des sowjetischen Staates, die sowjetische Wirklichkeit..." Das Gerichtsurteil: „Gemäß dem Artikel 26 UK USSR ist die Senek als besonders gefährliche Rückfällige anzusehen." „Die Senek ist zu verurteilen zu 6 Jahren Freiheitsentzug in Besserungskolonien strengen Regimes und zu 5 Jahren Verbannung."

Und wieder – alles von vorne. „Die Stolypinschen Waggons." In einem verrauchten Abteil sind 10 Frauen zusammengepfercht. Beständiges lautes Geschrei. Fast den ganzen Weg, einige Tage lang, mußten sie stehen. In den Käfigen – es ist ein Waggon aus Eisen – herrscht stickige, verbrauchte Luft. Wasser gibt man ihnen nicht. Zu essen erhalten sie Hering und salziges-übersalzenes Brot. Schrecklich sind auch die Verladepunkte: im Kuibysche-

Übersetze mir
Begeisterung mit Begeisterung,
wie der Vogel Singen
mit Singen übersetzt.
Übersetze mir
Begeisterung mit Begeisterung.

Die Dienerin Gottes, Galina

Der Weg Galina G.s zum Christentum ist typisch und ungewöhnlich. Wie wir alle wurde auch sie in einer atheistischen Familie geboren. Wie wir alle nahm sie die Lüge und die Falschheit des sie umgebenden Lebens nicht an. Sie suchte etwas anderes. Sie begeisterte sich für Psychologie, schrieb Gedichte, führte das Nachtleben der Leningrader Bohémien. Trinkgelage, flüchtige Liebesabenteuer, hysterische Anfälle und Perioden schöpferischer Tätigkeit – all das ist typisch für unsere 60er Jahre. Dann entdeckte sie Yoga. Sie war stolz darauf, einen neuen Weg gefunden zu haben – „die Realisierung". Kultur, Freunde, Welt werden aufgegeben. An ihre Stelle treten strenge Diät, richtiges Atmen, regelmäßige Übungen. In eine orthodoxe Kirche ging sie nur zum Meditieren hinein. Plötzlich verstand sie aber, daß die Atmosphäre des Christentums in viel größerem Maße ihrer Seele entsprach als die Meditationen des Yoga. Statt des „Om-om-om" des Yoga begann sie orthodoxe Gebete zu wiederholen, und sie war stark ergriffen von ihrer Tiefe, von der Genauigkeit dessen, was in ihnen ausgedrückt ist. Seit damals sind zehn Jahre vergangen. Galina ist jetzt 38 Jahre alt. Sie hat sechs Kinder, was man in sowjetischen Verhältnissen nicht so oft antrifft.

Dort ist schon ein Kind eine Last, weil es die ganze Freizeit und alle Kräfte der Eltern für sich beansprucht. Sie schreibt mir: „Die Zeit der Großen Fasten geht angestrengt und mit Arbeit vollgepackt vorbei, zu meiner Schande muß ich gestehen, daß ich bis jetzt noch nicht in die Kirche gekommen bin. Die Kinder kränkeln, obwohl zum Glück nicht ernsthaft, aber doch dauernd. Man sagt, schuld daran sei die ‚kostenlose' Ernährung im Kindergarten – sie wird mit viel Fett, wenig Gemüse und immer nach dem gleichen Schema zubereitet. Die Kleinen haben dauernd Schnupfen, die Augen eitern, sie haben Halsweh, Ohrenschmerzen usw. Daheim bringe ich sie in ein bis zwei Wochen wieder auf die Beine, ich pflege sie gesund mit Karotten, Rüben, Äpfeln, Trockenobst, aber nach ein bis zwei Wochen, spätestens einem Monat ist alles wieder beim alten. Ein Teufelskreis. Aber sie überhaupt nicht mehr in den Kindergarten zu bringen, das wage ich nicht, für mich allein daheim (bei den Alltagsarbeiten hilft mir doch niemand, und die häufigen Besuche von Freunden sowie meine ganz, ganz kleine Tätigkeit als kulturelle Erziehungsbeauftragte vergrößern die Unordnung noch); für mich allein daheim ist es in der Vier-Zimmer-Wohnung mit Küche, wenn acht Personen da sind, nicht zum Aushalten. Serjoscha (ihr Ehemann, T. G.) arbeitet tagsüber als Heizer – es ist schwere körperliche Arbeit, und leider ist er, was die Hausarbeit angeht, nicht partnerschaftlich, er ist einfach nicht an Hausarbeit gewöhnt. Es handelt sich nicht so sehr um die physische Belastung, aber es ist doch notwendig, daß man ab und zu allein ist, sei es beim Aufwischen der Fußböden, sei es beim Benutzen der öffentlichen Verkehrsmittel. Nur ein wenig sollte man für sich sein können, zum Beten und zum Nachdenken. Es ist natürlich eine Sünde für mich, wenn ich mich darüber beklage. Gott, der Herr, hat alles so wunderbar eingerichtet: Alle sind satt, alle haben ihre Kleidung, sind, im ganzen gesehen, gesund und wachsen. Wir hoffen, im Frühjahr und Sommer öfters in die Kirche gehen zu können. Im Winter hatten wir sehr unter strengem Frost zu leiden, beständig Minus 20 Grad und niedriger, unser Haus ist ‚ein Schiff‘, die Wände dünn, überall sind Ritzen, man friert durch und durch, die Temperatur in den Zimmern ist 14 Grad und niedriger."

Ungeachtet all dieser Schwierigkeiten, schreibt Galina Gedichte und Aufsätze, hilft vielen anderen Leuten. Sie beteiligte sich aktiv an unserer Frauenbewegung „Maria". Galina kümmert sich jetzt nach der Zerschlagung der Bewegung durch den KGB um kinderreiche Familien, die sich in Leningrad zu Familiengruppen zusammenschließen. Sie schreibt über diese Eltern: „Ich sehe, daß diese Menschen geistige Interessen haben, und ich denke, viele von ihnen sind insgeheim mit Gott (verbunden). Vielleicht entsteht mit der Zeit unter den kinderreichen Familien ein geistiges Zusammengehen." Und sie fährt fort: „Hier helfen wir uns gegenseitig. Daraus gehen viele Diskussionen und Überlegungen hervor sogar hochtheologischer Art. Wichtig ist jetzt in unserem Jahrhundert der vielfältigen geistigen Neuerungen das Problem der ‚Unterscheidung der Geister‘ ... Mit tiefen Gefühlen habe ich Leskows ‚Klerisei‘ gelesen – das sind Charaktere, orthodoxe Giganten – volkstümlich und einfach. Und die Probleme, die es bei Leskow im 19. Jahrhundert gab, sind bei uns im 20. die gleichen: Gott und die Welt, das Leben in der Welt und die Frömmigkeit. Ich sage nur, daß wir heute in einer lebendigeren Zeit leben, für uns gibt es keine Langeweile und Eintönigkeit. Im Gegenteil. Es gibt eine Übersättigung. Es fehlen Kräfte, alles in sich aufzunehmen. Wir haben das Verlangen, alles weiterzugeben – welchen Reichtum, welche Lebensfülle schickt uns Gott, der Herr! Viele Grüße an alle, die uns helfen. (Es helfen westliche Christen, die Bücher, Kleidung, Geld mitbringen – T. G.) Allen eine tiefe Verbeugung. Die sündige Dienerin Gottes Galina mit ihren Kindern."

Mir gefällt Galinas Offenheit, ihre Beweglichkeit. Es scheint, daß sie in jeder beliebigen Situation Gott zu dienen vermag. Andere würden an ihrer Stelle erschrecken, sich verletzt zurückziehen oder sagen: Hier kann man einfach nichts machen. Sie aber vertraut wie ein kleines Kind allem, sie hofft auf alles.

Sie arbeitet als „künstlerische Leiterin" in einem Pionierlager. Was kann ein Christ in dieser Situation tun? Die ganze Erziehung in diesen Lagern ist doch vorprogrammiert, ideologisiert, befindet sich unter Kontrolle. Eine andere würde nichts tun, würden den Kopf hängen lassen. Aber Galina sieht auch hier die Hand Gottes: „Es war so, daß ich mit den Kindern fortfuhr ins Pionierlager unserer Fabrik, wo ich als Reinemachefrau arbeite. (Sie muß trotz der sechs Kinder noch arbeiten, *ein* Lohn allein reicht nicht aus.) Man nahm mich als ‚künstlerische Leiterin' mit, so daß mein sozialer Status unerwartet anwuchs.

Ich hatte mich früher nie mit diesem System der Pionierlager befaßt ... Da ich meinen ‚Sommerdienst' an den Kindern und der ‚Kunst' als Kreuz auffasse, bemühe ich mich, den Sinn meines Zustandes zu begreifen, und da entdeckt mir Gott: Pioniere, Flagge, Halstücher, Zeremonien sind, so könnte es scheinen, die sowjetische Symbolik. In dieser Art sollte alles sein. Und doch wird dies alles irgendwie gar nicht wahrgenommen. Es ist so, als ob irgend etwas der Ideologie den Boden wegziehen würde, obwohl äußerlich alles wie geregelt abläuft. Es scheint irgendein inneres Wunder, das all das umgestaltet und auflöst ... Das heißt, auf der einen Seite besteht die Ideologie und die ihr untergeordnete Symbolik, das Ritual usw., Dinge, die ihrem Wesen nach verlogen und nichtig sind, obwohl sie von einer moralischen Phraseologie umzäunt werden. Aber auf der anderen Seite gibt es da auch lebendige Menschen, Herzen, das Leben, das Dasein. Und das überdeckt diese ‚Pseudo'-Wirklichkeit, und das Ritual aus der Ideologie verwandelt sich in ein Spiel: das Marschieren mit Flaggen, mit Trommeln, in Pionieruniformen. Es wird zum annehmbaren und für die Kinder auch interessanten Spiel. Und unter dieser Form gibt es auch viele moralisch wertvolle Aspekte, die durch den Instinkt des Gewissens zusätzlich gefestigt werden: schauen wir doch einmal die Timurowzy an. Sie helfen alleinstehenden und kranken Menschen. Sie vollbringen gute Taten jeder Art, sie arbeiten freiwillig, und so weiter. (Ein Timurowjez gehört der Pionierbewegung an, seine Aufgabe ist es, wie gesagt, Alten, Kranken, Invaliden, Waisen zu helfen, Anm. d. Ü.) Bleibt nur noch, daß man das geistig untermauert. Denn wenn es daran mangelt, dann leiden doch auch alle. Aber jetzt kann man sogar ganz offiziell schon von Geistigkeit, von Kultur und Tradition sprechen, und so auch, ohne Gott ausdrücklich zu nennen, doch von Ihm sprechen. Das wird auch von vielen in der offiziellen Kultur gemacht (etwa vom Mitglied der Akademie Lichatschow, vom Mediziner Amosow und anderen). Das Volk assimiliert die

Ideologie, schmilzt sie um, löst sie auf und geht seine eigenen Wege.

Und ich sehe an den Menschen und an den Kindern, daß diese Wege nicht gottlos sind. Es gibt viele Kinder, die getauft sind, lebhafte Kinder, anständige, feinfühlige Kinder. Viele von ihnen werden ihren Weg finden – Gott wird sie lenken.

Direkt von Gott und der Religion spreche ich nicht, das ist in der Tat gefährlich, das würde auch nicht gehen. Aber ich bemühe mich, den anderen folgende Dinge beizubringen oder sie bei ihnen zu verstärken: Sensibilität für geistige Dinge, Sanftheit, Aufmerksamkeit und Streben nach Erkenntnis, nach Entwicklung, zum Erlernen der Kultur und der Liebe zu den alten Traditionen ... Ich denke, Gott, der Herr, hat mich nicht umsonst hierher geschickt, ich fühle mich in seinen Händen."

Galina lebt in echtem ehrfurchtsvollem Gehorsam vor dem Leben. Menschen und Situationen betrachtet sie nicht als Gegenstand zur Kritik, sondern als Material zur Umgestaltung, sie ist eine echte Mitarbeiterin in Gottes Weinberg. Wie sehr brauchen wir sowohl im Westen als auch im Osten solche Frauen, weil sowohl dort als auch hier „die Ernte reif ist, der Arbeiter aber wenige sind".

„Reines Wasser"

Noch eine Frau, noch eine Biographie – Soja Krachmalnikowa. Sojas Leben hatte sich, von außen gesehen, günstig gestaltet. Sie war Literaturkritikerin, Mitglied des Schriftstellerverbandes, ein Mensch in einer ganz offiziellen Position also, sie lebte in gesicherten Verhältnissen und hatte eine gute Stelle. Sie besaß ein Haus, bezog ihre gesicherten Einkünfte. Sie hatte einen Mann, der ebenfalls Schriftsteller war, hatte Kinder, interessante Freunde. Ihre Tage waren bis zum Rand angefüllt mit Arbeit, Treffen, Telefonanrufen, Gesprächen, Büchern, sie konnte Ausstellungen besuchen, die neuesten Kinofilme ansehen usw. Soja stand im Zentrum des intellektuellen Lebens von Moskau. Viele hätte das auch schon zufriedengestellt. Das zu erreichen, was Soja erreicht hatte, sich zu kulturellem Wohlstand durchzuschlagen, das ist in unseren sowjetischen Verhältnissen keine leichte Sache. Die kluge und schöne Frau ist von allgemeinem Entzücken umgeben. Berühmte Dichter und Liedermacher widmen ihr rührende, romantische Lieder. Der außergewöhnliche und in ganz Rußland gefeierte Liedermacher und Poet Okudschawa schrieb über sie: „Du, meine Tanne ..." Man nannte die schlanke Soja Krachmalnikowa „Tanne" ...

Und da kam die Bekehrung ... Diese veränderte ihr ganzes Leben. Soja nahm den orthodoxen Glauben an, fest und maximalistisch, und gab alle Kräfte ihrer Seele, alle ihre Talente der Kirche. Soja und ihr Mann Felix Swetow, der sich auch zum Christentum bekehrte, ändern ihr Leben vollkommen – alles, was früher Sinn und Inhalt ihres Lebens war, wird zurückgewiesen, weggeworfen wie Tand, unnötig und leer. Beide fangen an, viele Stunden am Tag zu arbeiten, sie schreiben. Es ist neue christliche Literatur, es sind zeitgenössische Romane und Erzählungen von Neubekehrten, von der aufbrechenden Suche nach Gott. Ein Kritiker nannte die Romane von Soja und Felix „eine Enzyklopädie des religiösen Lebens". Sie verlieren ihre Arbeit, haben keinerlei Möglichkeit mehr, offiziell gedruckt zu werden, offiziell aufzutreten.

Erst im Juli 1987 wurden beide aus ihrer Verbannung nach Moskau zurückgebracht.

Für sie waren diese Prüfungen nichts Neues, und was sind das auch für Prüfungen, genau besehen? All das, was sie verloren haben, ist Leere – verglichen mit dem Licht, das sich ihnen auftat. In einem Brief in den Westen schrieb Soja folgendes über ihr Literaturverständnis: „Für den russischen Menschen ist das Buch der Lehrer des Lebens. Das russische Bewußtsein hing immer von der Literatur ab, das Buch beherrschte hier die Gedanken, das macht es vorläufig auch heute noch. Deshalb ist das Buch bei uns eine Waffe, und das Lesen – ein Verbrechen, wegen der Bücher wird man verfolgt."

Über ihren Roman „Der Anfang" schreibt sie selber: „Dieses Werk ist in gewisser Weise neue Literatur. Ich bin überzeugt, daß Literatur dieser Art heute hier unbedingt notwendig ist (und nicht nur hier), sie ist die einzige Alternative zur offiziellen atheistischen Kultur. Denn auch wenn es ganz verschiedene stilistische Richtungen in der sowjetischen Literatur gibt, auch wenn eine Vielzahl talentierter und interessanter Schriftsteller existiert, beruht diese Literatur doch ganz auf dem Atheismus und Materialismus und wirkt sich deshalb schädlich auf das Bewußtsein des russischen Menschen aus ... Ohne solche religiösen Bücher ist die sittliche und moralische Gesundung des Volkes unmöglich. Natürlich ist das Schaffen einer solchen Kultur in unseren Verhältnissen eine schmerzvolle Angelegenheit; Leute, die in günstigeren Verhältnissen leben, können die Schwierigkeiten, denen wir uns gegenübersehen, unmöglich verstehen. Wenn man das im Laufe eines Tages

Geschriebene nicht versteckt, so läuft man Gefahr, daß es am nächsten Tag verloren ist. Es gibt kein Papier, niemand, der die Manuskripte auf der Schreibmaschine abtippt.

In meinem neuen christlichen Roman überläßt die unterhaltende Funktion ihren Platz den Ideen, die dem Verstand und dem Herzen, die Gott suchen, helfen wollen. Das ist ein Experiment, aber auch ein Anfang und gleichzeitig die Folge dessen, was es in unserer Literatur schon gab, die schöpferische Fortsetzung des religiösen Suchens in der Prosa des 19. Jahrhunderts, das sich aber leider nicht entfalten konnte wegen des Atheismus, der anbrach. Ich verstehe, daß es schwirig ist, die Bücher herauszubringen (im Westen T. G.), aber ich glaube, daß das auch möglich sein wird, wenn es Gott gefällt."

Soja schreibt christliche Romane, sie versucht die Tradition Dostojewskijs, Gogols, Leskows fortzusetzen. Außerdem gibt sie die ausgezeichnete Zeitschrift „Nadjeschda. Hoffnung"* heraus. Ich schämte mich nicht, diese kleine Zeitschrift in den Kreisen snobistischer Intellektueller zu zeigen, in den Klosterzellen der Mönche, im Aufenthaltsraum der Fahrstuhlführer, wo ich zusammen mit einfachen Frauen arbeitete. Das ist „reines Wasser", so sagten sie von der „Hoffnung". In der Zeitschrift sammelte Soja das Allernotwendigste: Aussprüche von Mönchen, die selbstlose Streiter für ein höheres Ziel sind, Predigten von Heiligen (jede Nummer dieser Zeitschrift fängt gewöhnlich mit einem „Wort" über die Mutter Gottes aus dem Mund irgendeines Kirchenvaters an), Materialien über heutige Heilige, über die russi-

---

* Eine deutsche Auswahl aus diesen Texten erschien 1987 unter dem Titel „Nadjeschda heißt Hoffnung. Russische Glaubenszeugen unseres Jahrhunderts" im Verlag Herder.

schen Märtyrer des 20. Jahrhunderts, moderne religiöse Publizistik, Prosa, Gedichte. Es gibt Erzählungen von Bekehrungen und vieles andere. Soja war sowohl Redakteurin als auch Herausgeberin und Schreibmaschinenschreiberin – sie machte alles selbst. Nicht nur deshalb, weil es eine verantwortungsvolle und schwere Arbeit ist, sondern auch deshalb, weil sie gefährlich ist: nach zehn Sammelbändchen der Zeitschrift „Hoffnung" wurde Soja verhaftet und für fünf Jahre in die Verbannung geschickt, in ein entlegenes Dorf bei Barnaul. Bei der Gerichtsverhandlung sagte sie, die immer von der Wichtigkeit des Kreuzes und des Kreuztragens sprach, daß sie Gott für alles danke.

Soja war in allem eine Maximalistin, sie war streng vor allem sich selbst gegenüber (manchmal freilich auch anderen gegenüber). Sie und Galina G. sind menschlich gesprochen, Antipoden. Galina ist offen für die ganze Welt, sie empfindet Ehrfurcht vor jedem Menschen, nimmt in ihrem Haus Menschen auf, die aus dem Gefängnis kommen, Prostituierte, reine Nichtstuer, Parasiten. Man hat sie schon mehrmals betrogen, sogar bestohlen, es war aber unmöglich, sie wählerischer zu machen. Soja Krachmalnikowa hat ihr Leben bewußt begrenzt auf ihre Arbeit, auf das Schreiben und das Gebet. Um den Segen zu empfangen, fuhr sie zu einem Starez des Petschorer Klosters, in der Welt aber verkehrte sie nicht mit jedem, streng verhielt sie sich ihrer Vergangenheit gegenüber, dem doppeldeutigen Leben der antisowjetisch-sowjetischen Elite, das voll ist von Vergnügen und Spiel, übervoll von Theatralischem und Ästhetismus. Gegenüber Abweichung von der Orthodoxie – im Ritual, in der Sprache, im Fasten usw. – verhielt sie sich mißbilligend ... Und dennoch sind diese zwei Frauen einander so nah. Ihre Besonderheiten, die Einzelheiten ihres Charakters werden etwas Unwichtiges, etwas, was eingetragen und aufgelöst wird in einem unendlich tieferen und gehaltvolleren Kontext.

Lebendige Ikonen

Der Heilige Geist vervollkommnet jeden beliebigen Menschen zu einem Ganzen, er verwandelt jedes beliebige Gesicht in das Gesicht eines Heiligen. Gewöhnliche, unvollkommene und vergängliche Menschen werden in der Kirche umgeschaffen zu lebendigen Ikonen, zu modernen Personen. „Das hohe geistige Hinaufsteigen verklärt das Gesicht und macht es zu einem leuchtenden Antlitz, wobei es jegliches Dunkel, alles im Gesicht Unausgesprochene, alles Unausgeprägte vertreibt, und dann wird das Gesicht ein künstlerisches Porträt seiner selbst, ein ideales Porträt", schreibt Vater Pawel Florenskij. Ich habe solche Gesichter gesehen, und ich verstehe, warum sogar unsere Fehler von Gott angenommen werden können: In der Überfülle des Heiligen Geistes tragen sogar Schwächen Früchte, sogar Krankheiten werden ‚Krankheiten zum Heilen'. Solchen Phänomenen kommt man auch mit psychoanalystischer Deutung nicht bei. Freud spricht in der Sprache der eng begrenzten, dürftigen und armen Welt eines mechanistischen Weltbildes, bei ihm ist der Mensch an seinem Platz erstarrt und transzendiert nicht, er glüht nicht, ersteht nicht auf in der schöpferisch-verwandelnden Flamme von Pfingsten.

Gerade im Westen angekommen, traf ich Christen, bei denen ganz bestimmte Defizienzen und Krankheiten die Hauptrolle spielten. Ich traf Frauen, die gerne geheiratet hätten und sich hinter heuchlerischen Reden und hinter Frömmigkeit versteckten. Ich traf Männer, die sich vor den Frauen, vor der Welt und dem Leben selbst fürchteten und die aus diesem Grund Priester geworden waren. (Hier allerdings habe ich auch verstanden, was Freud mit seiner Religionskritik im Sinn hatte.) Unter den schwierigen Bedingungen Rußlands gibt es das nicht, was man hier ekklesiogene Neurosen nennt.

Noch viele andere ...

Man könnte noch von vielen solchen neubekehrten Frauen schreiben. Ich erinnere mich etwa an Ljuba und Tanja, die nach Beendigung der Schulzeit ins Krankenhaus gingen, um dort als Putzfrauen und Krankenpflegerinnen zu arbeiten. Sie gehen nicht von den Sterbenden weg, lesen ihnen, ganz im geheimen, das Evangelium vor, sprechen Gebete mit ihnen. Ich weiß nicht, ob diese Mädchen sich lange auf ihrer Stelle halten können, aber noch verbringen sie eine erstaunliche Heldentat. Mehr als einmal haben sie Menschen aufs Sterben vorbereitet, Menschen, die Atheisten waren und überhaupt nicht bereit waren zu sterben. Mehr als einmal erklang von den Lippen eines Sterbenden ein Gebet anstelle von Klagen, anstelle von Verzweiflung und gar von Flüchen. Und mancher Sterbende konnte noch wie der Schächer am Kreuz, der einsichtige Räuber, in der allerletzten Sekunde bereuen: „Herr, gedenke meiner, wenn du in dein Reich kommst."

Ich denke auch an Vera, die in ein weit entferntes Dorf gefahren ist, wo es noch eine Kirche gibt. Als einzige hilft sie dort dem alten Priester: Sie hält die Kirche in Ordnung, sie singt und liest vor. Ja, und wie viele von euch Frauen – Friedensbringerinnen gibt es heute, überallhin folgt ihr Gott, dem Herrn, ihr seid anwesend sowohl auf Golgota als auch bei der Auferstehung!

Die Persönlichkeit einer jeden ist einmalig – zusammen sind sie wie ein Chor. Jede Stimme klingt stark und selbständig, und gleichzeitig ist die Melodie einheitlich und das Lied vollkommen.

Strategien der Angst –
Perspektiven der Rettung

Geiseln der Gesellschaft

Mehr oder weniger sind wir alle Geiseln der Gesellschaft. Wir unterliegen ihren Zwängen: Wenn du das oder jenes nicht tust, wirst du das oder jenes nicht bekommen! Wenn du nicht zur Verteidigung dieser Gruppe auftrittst, wirst du etwas Bestimmtes nicht erreichen! Wenn du nicht die ganze Wahrheit sagst, verrätst du die allgemeinen Interessen. – Das Soziale erpreßt uns, es zwingt uns als Schicksal auf, uns selbst zu verleugnen.

Beklemmendes Beispiel und bedrohlicher Ausdruck unserer Situation ist die Erfahrung des Terrorismus. Die Terroristen nützen diese Struktur der Angst aus und bringen sie durch ihre Taten auch hervor: Wir alle sind potentielle Geiseln. Das auf Geiselnahmen folgende Verantwortungsgefühl einer Gesellschaft ist nur auf einer christlichen Basis möglich. Dieses eigentlich positive Christliche wird von den Terroristen ausgenützt. Dadurch, daß jeder jederzeit zur Geisel werden kann, droht die Perversion in die totale Verantwortung. Denn diese leicht ins Totalitäre ausschlagende Verantwortung, die jetzt nicht mehr von der Freiheit des einzelnen ausgeht, sondern in die Funktionszusammenhänge des allmächtig werdenden Staates eingeht, bringt beim einzelnen Menschen wiederum das Gefühl der Zufälligkeit und der Beliebigkeit des Lebens hervor: So wandelt sich das christliche ethische Verständnis zu einem vor-christlichen, zufälligen Verständnis. Es kommt zu einer archaischen Angststruktur, die vom Schicksalsglauben bestimmt wird. Es herrschen die fatalen Strategien der Angst.

Der Zwang des Sozialen mit seinen Rollen wird heute perfekt. Es fällt in die Augen, wie gut dieser Druck in einem Land wie Rußland funktioniert, wo das Soziale zu einem Gefängnis und zu etwas Beklemmendem wurde.

Wie kann man sich von solchem Terror des Sozialen befreien?

Wir fielen aus den staatlichen Strukturen heraus – entweder gaben wir die Arbeit in unserem Fachgebiet auf (oder wurden aus unseren angesehenen Tätigkeiten entlassen). Wir arbeiteten dort, wo es weniger Ideologie, weniger Geld, weniger Nachfrage gibt: Es waren die am wenigsten angesehenen und deshalb immer freien Stellen wie Heizer, Liftführer oder Aufseher. Die Frauen der Gruppe „Maria" widersetzten sich den staatlichen Zwangsstrukturen, aber nicht nur passiv. Sie achteten weder auf ihre geringere körperliche Kraft noch auf ihre Hilflosigkeit und gingen zum Angriff über. Sie traten öffentlich „dagegen" auf. Und dies nicht nur mit Worten, sondern auch mit Taten. Nie vergessen werde ich eine fröhliche Demonstration, die wir zu einem traurigen Anlaß am 10. Dezember, dem Tag des „Schutzes der Menschenrechte", in Leningrad organisierten. Schon lange vor ihrem Beginn waren an der Kasaner Kathedrale Kräfte des KGB zusammengezogen worden. Als wir ankamen (etwa 20 Frauen, auch der eine oder andere der Männer), wurden wir von Leuten empfangen, die wir nicht kannten, die aber uns gut zu kennen schienen (unsere ersten und oft einzigen Leser). Wir hörten: „Ah, die

Sawaljewa! Und da auch die Lasarewa!" Etwa 10 Minuten standen wir bei der Kasaner Kathedrale – eine lange Zeit.

Dann begann Julia inständig zu bitten: daß man uns doch nicht gefangennehme, die Beine seien doch schon abgefroren. Sie schaut auf die Seite, wo die KGB-Wagen standen. Aber diesmal setzten sie gegen uns Frauen ein für unsere Erfahrung neues Mittel ein: Reizgas. Die Augen tränen davon ziemlich schmerzhaft. Je länger es dauert, desto schlimmer wird es.

Das war eine der seltenen Demonstrationen, bei denen wir von selbst auseinandergingen und man uns nicht in KGB-Autos geworfen hat.

Es gab auch riskantere Dinge: Da stellten wir etwa in der Küche der Dmitriews den Aufruf an die sowjetischen Männer gegen den Krieg in Afghanistan zusammen. Er gipfelt in der Forderung: „Zieht das Gefängnis im eigenen Land einem schändlichen Tod in der Fremde vor!" Dann mußten wir den Text westlichen Diplomaten übergeben, damit er durch westliche Sender wieder zu uns zurückgelangen konnte. Das war ein weiterer Schritt nach vorn, in eine gefährliche Richtung – zur Verhaftung, zum Gefängnis, in die psychiatrische Klinik. Das Leben wurde immer „eschatologischer", immer spannender. Es ist schön, jeden Tag so zu leben, als ob es der letzte sei. So muß es ein Christ auch machen. Aber etwas hinderte mich daran, ganz glücklich zu sein. Was?

Ich fühlte mich zum Risiko, zum Abenteuer hingezogen. Es war ein angenehmes Gefühl. Alles konnte in einer Sekunde ein Spiel werden. Doch man braucht die Kühnheit, „um sich im Herrn mit Furcht zu freuen" und „um für ihn mit Zittern zu arbeiten".

Meine häufigen Aufenthalte in Klöstern retteten mich. Eine Woche in der Welt, eine im Kloster (länger durfte man in unseren Klöstern nicht bleiben). Der echte Ausweg aus den gesellschaftlichen Zwängen ist das Leben der Mönche. In dieser Existenz der befreienden Askese sterben sie wahrhaft jeden Tag mit Christus. Und ihre heroische Tat ist ernst zu nehmen. Weil sie „Gottes geheimnisvolle, verborgen gehaltene Weisheit" verkünden, „die Gott vor allen Zeiten vorausbestimmt hat zu unserer Verherrlichung. Keiner der Machthaber dieser Welt hat sie erkannt" (1 Kor 2, 7–8). Unsere „Weisheit" aber, die dissidente, lief bald auf Hochmut, bald auf Hysterie, bald auf Spiel hinaus.

Die erfüllte Welt

Wir kamen zu Gott nicht, weil er ein „Mann" oder eine „Frau" ist, sondern weil er Gott ist. Und weil die Kirche für uns zu dem einzigen Ort auf der Welt wurde, wo wir atmen, wachsen konnten, wo wir „wir selbst" sein konnten.

Ich werde häufig im Westen (und nur im Westen) gefragt, welche Kirche weiblicher geprägt sei – die katholische, die protestantische oder die orthodoxe. Ich habe auf eine solche Frage immer geantwortet: die orthodoxe, und unter den orthodoxen Kirchen die russische. All die Institutionen und Leistungen, die eine Kirche hervorbringen kann, wenn sie dazu das politische Recht und die finanziellen Mittel hat: Krankenhäuser, Schulen, Katechese, Bücher, Geld, Erziehung, Massenmedien usw. – all das fehlt in unserer Kirche. Die verfolgte Kirche verliert ihre äußere, ihre „männliche" Macht und findet ihre „weibliche" Sanftmut. Sie verliert institutionelle Möglichkeiten, entfaltet aber den geistlichen Reichtum ihrer kosmischen Dimension. In der Konsequenz der schicksalhaften Umstände und Verfolgungen sind äußere Kraft und menschliche Hülle von der Kirche abgefallen. Sie blieb ohne Hände, ohne Mund, ohne Krücken. Sie ist ganz einfach geworden, reduziert auf das Wesentliche, auf die Geheimnisse, auf das seufzende Gebet, auf das reuevolle Weinen. Und diese Kirche ist wieder zum Tempel geworden, zum geheiligten Raum. Außerhalb der Grenzen dieses Raumes ist Wüste, aber innerhalb des Tempels ist Sein Haus. Im Tempel herrscht Halbdunkel, geheimnisvoll flackern Kerzen und Lämpchen, weißer wohlriechender Weihrauch steigt auf. Im Tempel ist es warm und gut. Er erinnert an eine alte Höhle oder an den Mutterschoß. Eine unvorstellbare Freude kommt ins Innere des Menschen, eine Liebe, die nicht heuchelt. Die Verkündigung des Wortes Gottes wird hier gesungen, sie wird geweint, sie findet ihren Ausdruck in der Schönheit der Ikonen. Das bloß rationale Element spielt hier eine ganz untergeordnete Rolle. Die Wände des Tempels sind mit Gesichtern von Heiligen bedeckt. Das ist die erfüllte Welt. Hier gibt es keine Leere, kein „Nichts". Überall ist der Überfluß, denn Gott liebt großzügig, er ist nicht geizig.

Spürbare Anwesenheit der Gnade

Die Weiblichkeit zeigt sich auch in der Sprache: In vielen semitischen Sprachen ist das Wort für Geist (rûah) weiblichen Geschlechts. Der Heilige Geist wird in der orthodoxen Kirche besonders verehrt. Er wurde bei uns in seiner Bedeutung nie geschmälert. Er steht in Verbin-

die blagodatj um das Haupt des Heiligen strahlen. Er schreibt: „Nach diesen Worten blickte ich ihm ins Gesicht, und eine noch größere andachtsvolle Furcht befiel mich. Stellt euch das Gesicht eines Menschen vor, inmitten der Sonne, in der strahlendsten Helligkeit ihrer Mittagsstrahlen, und dieser Mensch spricht mit euch. Ihr seht die Bewegung seiner Lippen, den sich verändernden Ausdruck seiner Augen, ihr hört seine Stimme und fühlt, daß euch jemand seine Hände auf die Schultern gelegt hat, aber ihr seht diese nicht. Ihr seht weder euch selbst noch seine Gestalt, sondern nur ein sehr helles Licht, das sich in einem weiten Umkreis von einigen Saschen (= russ. Längenmaß, 1 Saschen = ca. 2,1 m, Anm. d. Ü.) erstreckt und das mit seinem strahlenden Glanz sowohl die Schneedecke erleuchtet, die die Lichtung bedeckt, als auch den Graupelschnee, der von oben herab auf mich und den großen Starez fällt." Der heilige Serafim erklärt: „So muß es in der Tat auch sein, denn der Segen Gottes muß in uns wohnen, in unserem Herzen, denn der Herr hat gesagt: ,Das Reich Gottes ist in euch.' Unter dem Reich Gottes verstand der Herr den Segen des Heiligen Geistes."

Der Wohlgeruch des Paradieses

Die Gnade (russisch „blagodatj") leuchtet heller als die Sonne. Auch heute kann man die Christen in Rußland nicht nur an ihren Worten erkennen (man erlaubt es ihnen natürlich nicht, nach außen zu sprechen), sondern auch und vor allem an ihren Gesichtern. Nicht nur das Licht ist ein Zeichen der Gnade, sondern ebenso der

dung mit den alten chthonischen, jetzt natürlich auf christliche Weise umgestalteten Vorstellungen von der Fruchtbarkeit.

In unserer Kirche, ja überall im orthodoxen Leben ist das Wichtigste „blagodatj". Für das deutsche Wort „Gnade" kennt das Russische zwei Entsprechungen: *blagodatj* (griechisch: charis) und *milostj* (griechisch: eleos). „blagodatj" betont mehr die spürbare Anwesenheit der Gnade, während „milostj" eine ethische Akzentuierung hat. In der deutschen Sprache sind beide Bedeutungen zu einer einzigen verschmolzen. Es gibt auch nur ein einziges Wort für Gnade, das freilich mehr die ethische Nuance als „die spürbare Anwesenheit der Gnade" auszudrücken.

Blagodatj bedeutet die konkrete Gegenwart Gottes hier und jetzt: eine Gegenwart, die man fühlt. Das ist etwas, was der hebräischen Schechina ähnlich ist. Der Exeget Frederic Raurell z. B. zeigt in seiner Untersuchung „Der Mythos vom männlichen Gott" (Herder 1988) weibliche Züge in Gott auf. Er verweist dabei auf die Schechina, die Anwesenheit Gottes. Es ist ebenfalls ein weibliches Wort, das Gott als gegenwärtig, als einwohnend zu definieren versucht. Es beschreibt die Theologie seiner Gegenwärtigkeit.

In vielen Texten des Alten Testaments ist die Rede von dieser Gegenwärtigkeit, ausgedrückt in weiblicher Form.

Die Anwesenheit der Gnade wird auch physisch spürbar. In der Orthodoxie lebt sie im Tempel weiter. Im übrigen „weht" der Heilige Geist, „wo er will". Man kann ihn auch um das Gesicht eines Heiligen herum wahrnehmen, man kann ihn riechen und sehen.

So sah etwa der geistliche Sohn des heiligen Serafim Sarowskij, Motowilow, den Glanz des Heiligen Geistes,

Wohlgeruch, die Düfte des Paradieses, durch die unsere Kirche auf die Tiefenschichten unseres Bewußtseins einwirkt, indem sie das Heimweh nach der verlorenen Vollkommenheit wachruft. Motowilow berichtet, daß er nicht nur Ruhe und unbeschreiblichen Frieden empfindet, nicht nur Freude und Wärme, sondern auch Wohlgeruch spürt: „Wenn ich früher zu einem Ball fortging, besprengte mich meine Mutter mit Parfüm, das sie in den besten Geschäften gekauft hatte. Aber sein Duft ist nicht mit diesem Wohlgeruch zu vergleichen."

Der Heilige Geist heiligt also nicht nur die Seele, sondern auch den Körper, indem er ihn der Kälte entreißt und ihn mit dem Wohlgeruch des Paradieses umgibt.

In den westlichen Kirchen (in der katholischen und natürlich auch in der protestantischen) kommen „Gerüche" heute fast nicht mehr im Gottesdienst vor. Ich sehe da einen Zusammenhang mit der allgemeinen Entwicklung der westlichen Gesellschaften. Der Geruch ist für den westlichen Menschen überhaupt zu etwas geworden, dem man mit Mißtrauen begegnet, er gilt als Zeichen von Krankheit und Ansteckung. Irgendwann im 17. Jahrhundert hat diese Entwicklung begonnen, und seit dieser Zeit fürchtet sich der europäische Mensch offenbar vor Gerüchen aller Art. Die Atomisierung und Sterilität des Lebens sind das Ergebnis einer Entwicklung, deren Bedeutung darin besteht, daß die Menschen das Interesse am Umgang miteinander, daß sie die Liebe zum anderen verloren haben. Die „anal" bestimmte Leidenschaft für übermäßige Sauberkeit ist die Krankheit der Einsamkeit: Es ist die Phobie des Kontaktes; alles, was zum Kontakt zwingt, wird schon verdächtig. Im 18. Jahrhundert wird der Hygieniker der nationale Held.

Das 19. Jahrhundert singt die „große Ode an die Sauberkeit". Und im 20. Jahrhundert fehlt sogar den Abgüssen der Geruch.*

„Die Stadt ist hoffnungslos, hier sind sogar die Abgüsse sauber", so Baudrillard.

Unsere moderne Welt ist unsinnlicher, abstrakter geworden. Der Prozeß der Abstraktion ist freilich ein alter und seit langem wirksamer. Die Abstraktheit der lateinischen Sprache im Vergleich zur griechischen etwa ist schon oft hervorgehoben worden. Heidegger hat z. B. gezeigt, als er die Vorsokratiker neu übersetzte, wie Begriffsinhalte verlorengehen, wenn man physis mit natura, Logos mit Logik übersetzt. Das gleiche Problem entsteht bei der Übersetzung aus dem Hebräischen.

Frederic Raurell weist darauf hin, daß viele Mißverständnisse aus der ungenauen Übersetzung des hebräischen Wortes „rehem" entstanden sind: Es wurde mit dem blassen lateinischen Wort „misericordia" übersetzt, einem Wort, das heute vielen nichts mehr sagt. Rehem bedeutet aber eigentlich den Uterus, den Ort, an dem Leben beginnt und geschützt wird. In der Bibel wird dieses Wort gebraucht, um den erbarmenden Gott auszudrükken.

Der griechischen und der russischen Sprache ist die Übersetzung besser gelungen. Das russische Wort für „rehem" drückt die Geborgenheit, das Wohlbefinden im Mutterleib aus. Das griechische Wort besagt, daß Gott mit einem Mutterschoß ausgestattet ist, in dem der Mensch sich geschützt und gerettet fühlt. Hier kann er Gott so vertrauen, wie das die ersten Menschen im Paradies, als es noch keine „Feigenblätter" der Zivilisation,

---

* Über die Geschichte des Geruchs in Europa siehe das interessante Buch von Alain Corbin: Le miasme et la jonquille (Paris 1986).

des Stolzes und der Gewaltanwendung gab, taten; es gab nicht einmal die Frage, was besser sei – das Gute oder das Schlechte. Die Seele des Menschen badete in Gott und war noch nicht in einem Zustand der Entfremdung.

Ewige Weiblichkeit Gottes

Es ist kein Zufall, daß in der russischen Philosophie und in der russischen Theologie besonders viel und tief über die Sophia, die Allweisheit Gottes, nachgedacht wurde und daß aus diesem Nachdenken auch Schlüsse gezogen wurden. Die ersten Tempel im alten Rußland wurden dieser Weisheit geweiht – die Kiewer Sophia oder die Nowgoroder Sophia. Sophia ist auch ein weibliches Symbol für Gott. Die Weisheit, so führt Raurell in dem bereits zitierten Werk aus, ist Gott selbst, der sich den Geschöpfen mitteilt, der unter den Seinen wohnt. Sie ist der Ausdruck für die göttliche Gegenwart, für den göttlichen Urheber der Geschichte im Universum. Der wichtigste Zug dieser Eigenschaft Gottes ist die Zärtlichkeit, Zärtlichkeit ist sozusagen seine „Pädagogik." Der Jünger folgt der Weisheit wie ein Verliebter und genießt das ganze Glück der Gemeinschaft mit ihr ...

Es ist noch einmal daran zu erinnern, daß das Wort Weisheit sowohl im Hebräischen (‚chokmāh') als auch im Griechischen (‚sophia') ein weibliches Wort ist!

In der russischen philosophischen religiösen Tradition verkörperte die Sophia sowohl den Heiligen Geist als auch die Schönheit, die noch unbelebte Welt, die paradiesische Frische, die Heiterkeit (Sophia „spielt" vor dem Angesicht Gottes) und das schöpferisch Neue. Es ging sogar so weit, daß man dieses weibliche Element anscheinend als vierte Hypostase in die Heilige Dreifaltigkeit einführte. Hier ist aber nicht der Ort, um ausführlich über die russische Sichtweise der Sophia zu schreiben – ein Thema von dem große russische Denker wie P. Florenskij, S. Bulgakow, E. Trubjezkow, B. Zenkovsky und noch viele andere bewegt sind.

Die ewige Weiblichkeit, eben das ist die Sophia, meint in der russischen Tradition einen kosmischen Anfang. Durch diese Sicht gelang es, die Gefahr des Pantheismus zu vermeiden und den Kosmos äußerst orthodox – nämlich personal – zu verstehen. Bemerkenswerte Aussagen darüber finden wir bei Wladimir Solowjow in seinem Buch „Sinn der Liebe": Solowjow faßte die weibliche „Passivität" nicht auf aristotelische Weise im Sinne einer niedrigeren Daseinsstufe auf. Im Gegenteil: er verstand die „ewige Leere" und reine Potenz des Weiblichen als die menschliche Möglichkeit, Gott in sich aufzunehmen. Gewiß darf man „das Weibliche" bei Solowjow nicht im Sinne eines Biologismus oder Psychologismus verstehen. Es ist ein symbolischer Ausdruck für die Möglichkeit *jedes* Menschen, gleich ob männlich oder weiblich. Solowjow sah in dieser symbolisch begriffenen Potenz des Weiblichen die Voraussetzung für Demut und Offenheit. So wird „das Andere" (das Weibliche aber ist – worauf noch einzugehen sein wird – das Andere) „die absolute Vollkommenheit". Solowjow überwindet so die Hegelsche Dialektik, in welcher „das Andere" nur relativ ist und unvermeidlich „das Meine" wird. Bei Hegel ist die Beziehung immer eine Beziehung zwischen „Subjekt und Objekt". Solowjow sieht die Beziehung personal – die Person kann nie Objekt werden. Zitieren wir einige Stellen aus dem „Sinn der Liebe", in denen Solowjow der „Weiblichkeit Gottes" nachspürt: „Gott, als einheitlich, unterscheidet von sich alles andere, d. h. alles, was nicht er selbst ist, und vereinigt mit sich all das, indem er es sich zusammen und zugleich vorstellt, in absolut vollkommener Form, folglich, als einheitlich. Diese *andere* Einheit, verschieden von ihm, obwohl sie auch wieder nicht abteilbar ist von der ursprünglichen göttlichen Einheit, ist in bezug auf Gott eine passive Einheit, das Weibliche, da hier die ewige Leere (die reine Potenz) die Fülle des göttlichen Lebens aufnimmt. Aber wenn dieser ewigen Weiblichkeit das reine Nichts zugrunde liegt, so ist für Gott dieses Nichts verborgen als das von Gott verstandene Bild der absoluten Vollkommenheit ... Für Gott hat sein *anderes* (d. h. der Kosmos) von Ewigkeit her das Bild der vollkommenen Weiblichkeit, aber er will, daß dieses Bild nicht nur für ihn da sei, sondern daß es sich realisiere und konkrete Gestalt annehme für jedes individuelle Wesen, das fähig ist, sich mit zu vereinigen. Zu solch einer Realisierung und Verkörperung strebt auch selbst die ewige Weiblichkeit, die nicht nur ein untätiges Bild ist im göttlichen Verstand, sondern ein lebendiges geistiges Wesen, das die ganze Fülle der Kräfte und Handlungen besitzt. Der ganze Prozeß der Welt und der Geschichte ist der Prozeß ihrer Realisierung und Verkörperung in der großen Vielfalt der Formen und Stufen ... Der himmlische Gegenstand unserer Liebe ist nur einer, immer und für alle ein und derselbe – die ewige Weiblichkeit Gottes; aber die Aufgabe der echten Liebe besteht nicht nur darin, diesen höchsten Gegenstand zu verehren, sondern darin, ihn zu realisieren und zu verkörpern in einem anderen, niedrigeren Wesen derselben weiblichen Form ..."

Aus dem Brief eines Dichters

Die russische Seele hat sich immer als eine weibliche Seele dargestellt, noch unentdeckt, noch hoffen lassend. Der russische Charakter trägt in sich viel „Weibliches": die Fähigkeit zur Geduld, zur Demut, zur Reue. Ihn prägt nicht die Liebe zur Form, sondern die Liebe zu formlosen Extremen. Sie, diese Seele wollte nicht die Mitte und strebte danach, heilig zu sein oder überhaupt nicht zu sein. (Daher rührt letztlich auch eine Tendenz im russischen Volk zum totalen Aufgehen im Wahnsinn, in der Trunksucht.) Es ist hier nicht der Ort, darüber zu urteilen, ob das richtig ist, ob solche Verhaltensweisen dem Wohl eines Volkes und seiner Geschichte dienten. Natürlich rief solche Abneigung gegen Recht und Form, gegen Organisiertheit sowohl Verantwortungslosigkeit als auch den heutigen Gulag hervor. Aber das letzte Wort hat Gott und die Mutter Gottes und die russische Frau, die in die Kirche geht. Heute bildet sich ihre Weiblichkeit um, aus einer passiven wird eine aktive, ihre Leiden werden frei von Leidenschaftlichkeit. Weisheit und Kindlichkeit tragen den Sieg davon. Ich beende diese Bemerkungen über das Weibliche in der russischen Kirche mit einem Auszug aus dem Brief eines neubekehrten Leningrader Dichters: „Im November soll Tanja Poresch, so hoffe ich, ihr drittes Mädchen gebären. Na – ihr russischen Knaben. Stroh für das Feuer – schade um sie. Und mit nichts kann man helfen nur mit Mädchen ... So gebären wir sie auch. Am 28., an einem Sonntag, um 11 Uhr abends hat Galja G. endlich (nach 5 Jungen) ein Mädchen zur Welt gebracht. Sie hat meinem Zureden Gehör geschenkt. Ich sage, wie es ist ...

Unsere Kirche und Rußland selbst sind von christlichen Frauen gerettet worden, wie du weißt. Wer ist nicht wie sie auch im Rachen Satans gewesen. Für uns Männer ist es noch weit bis zu ihnen. Und da stehen jetzt die früheren Komsomolzinnen der 30er Jahre als alte Frauen in unseren Gotteshäusern in ganz Rußland, und wieder stehen sie den langen Gottesdienst unserer Kirche hindurch, beten für sich, für uns und für ihre liederlichen Verwandten. Das sind die neubekehrten Christinnen. Sie lernen den Gottesdienst. Über die Kirche wissen sie sogar weniger als wir, aber Gott, der Herr, hat sie gerufen wie kleine Kinder. Jede von ihnen ist nicht eine ganze Kerze, sondern ein Kerzenstummel für Gott und die Mutter Gottes. Aber sie wollten das um der Liebe Christi willen und wegen der göttlichen Barmherzigkeit, für die Mühen und Prüfungen dieser russischen Menschen. Das ist auch eine geistige Erfahrung. Was wissen wir von ihren Leiden! Unsere Kirchen und unsere Häuser sind voll von solchen Leuten, von ihrem heißen Gebet, ihrer späten Demut. Es sind dies Menschen der elften Stunde. Einsam beten und singen sie den Lobpreis für Gott und die Mutter Gottes. Das ist die Heimat, wie sie ist."

Ja, es ist so: Zuerst haben die Frauen zur Kirche gefunden, erst langsam folgen ihnen die Männer.

Christentum und Postmodernismus

Die Zeit, in der wir leben

Als ich 1980 aus der Sowjetunion ausgewiesen wurde, kam ich aus einer geschlossenen Gesellschaft und geriet in eine „offene" Gesellschaft. In ihr lebe ich jetzt schon länger als sieben Jahre. Ihre Probleme wurden die meinen, ich lerne ihre Krankheiten zu unterscheiden, und ich bemühe mich, Heilmittel dafür zu finden.

Der Mensch im Westen ist kaum glücklicher als der Mensch im Osten. Den von Gott geschickten Überfluß, seine Freiheit und seine Rechte gebraucht der westliche Mensch selten zu seiner geistigen Vervollkommnung und zum Wachsen in Gott.

Im Westen wie auch im Osten habe ich Christen gesehen, die von Ängsten und Vorurteilen niedergedrückt sind und die sich vor der Zeit und der Geschichte fürchten. Aber im Westen habe ich verstanden (wie es mir auch schon in Rußland klar war), daß das Christentum in seinem traditionellsten und ewigen Moment in einem geheimen Zusammenhang mit dem Aktuellsten der Gegenwart steht. Mir wurde klar, daß gerade das Christentum Antwort geben kann auf die aktuellen Fragen dieser allerletzten Epoche, die viele als die Epoche des Postmodernismus bezeichnen.

Postmodernismus, das ist die Zeit, in der wir leben. Es ist eine Zeit, in der absolute Ansprüche in der Kunst, in

Mensch, anstatt seinen Reichtum zu seiner und der Welt Vervollkommnung zu gebrauchen, sein Sklave.

In der Überinformation geht Information verloren, weil es zuviel davon gibt und der Mensch zu kurz kommt; er ist müde geworden, er ist nicht mehr fähig auszuwählen, ja er weiß schon gar nicht mehr, wie er das Wichtige vom Unwichtigen, das Wirkliche vom Nichtwirklichen trennen kann. Alles stellt sich ihm als Illusion dar wie der Schleier der Maja. Ihm entschwindet die Wirklichkeit und auch er lebt nicht, er simuliert zu leben, er verliert sich in der Ekstase, aber nicht in einer mystischen, sondern in der Ekstase der Unwirklichkeit.

Eine genaue Analyse dieser Erscheinung gibt der französische Soziologe Jean Baudrillard: „Die Simulation ist die Ekstase des Realen. Man nehme nur das Fernsehen: alle realen Ereignisse folgen dort in einem rein ekstatischen Verhältnis aufeinander, d. h. in schwindelerregender, stereotyper, irrealer und rückläufiger Form, die ihre unsinnige und ununterbrochene Verkettung erlaubt."*
Über kurz oder lang wird man etwas tun müssen, damit der Verlust der Wirklichkeit nicht total wird.

Baudrillard fragt in diesem Sinn: „Sollte man eine Diätetik der Information erfinden? Sollten die Übersättigten und die übersättigten Systeme entfettet und sollten Institute für Nicht-Kommunikation geschaffen werden?"**

Die Antwort auf solche Fragen steht fest: Hier werden keinerlei Institute helfen. Zur Wirklichkeit kann uns nur die Lebensweise zurückführen, die am realsten ist – die Heiligkeit. Der Verlust der Realität kann auch noch damit erklärt werden, daß sich in der westlichen Welt schon lange nichts mehr ereignet. Das Leben wurde allzu

---

* Jean Baudrillard, Die fatalen Strategien (München 1985), S. 10.
** Ebd., S. 15.

bequem, die Menschen haben sich an die ewigen Wiederholungen gewöhnt. Den physischen Schmerz lindern sie mit Arzneimitteln, daß sich seelischer Schmerz entwickelt, das lassen sie gar nicht erst zu. Dramen menschlicher Beziehungen ereignen sich immer seltener. Man meidet Kummer, es gibt aber auch keine große Freude. Leicht treffen sich die Menschen, und leicht verlieren sie einander. Die meisten westlichen Menschen sind Emigranten in ihren eigenen Ländern. Sie haben keine Werte, für welche sie sterben könnten und derentwegen es sich lohnte zu leben. Deshalb wird selbst das Wort „Leben" sogar von Christen nur in der Bedeutung eines physischen Am-Leben-Bleibens gebraucht. Der Verlust der Erfahrung ist der Verlust der Zeit. Es ereignete sich das, was früher nur in der wissenschaftlichen Sciencefiction-Literatur beschrieben wurde: es gibt keine Zeit mehr. Aber es gibt auch keine Ewigkeit mehr: „Das Ereignis ist ohne Folgen, wie bei Musil der Mann ohne Eigenschaften, wie der Körper ohne Organe und die Zeit ohne Erinnerung."*

Heute kann man jedes Ereignis so auslegen, wie es einem paßt, es ist für beliebige Interpretationen offen. Als ob es seinen Nerv, sein Salz, seinen zentralen Sinn verloren hätte. Die Welt wurde vielleicht durchsichtiger, aber sie wurde dadurch nicht verständlicher.

Über die Hegemonie des Blicks in den modernen Städten ist schon viel geschrieben worden. Wie sagte doch Walter Benjamin in seiner „Kleinen Geschichte der Photographie": „Es ist unwichtig, ob du nach links oder nach rechts gehst, du mußt dich daran gewöhnen, daß man auf dich schaut und daß du deinerseits auf die anderen

---

* Ebd., S. 19.

schaust." Wir leben in einer durchsichtigen Gesellschaft: Videokameras beobachten uns in den Kaufhäusern, Banken, in der Metro. Alle sind für alle verantwortlich – daher kommt auch die Macht der Terroristen: wir sind alle potentielle Geiseln.

Das Leben wird immer öffentlicher. Intimität im Leben ist ein seltenes Geschenk. In einem solchen Leben gibt es keine Geheimnisse.

Am meisten leidet die Kirche in dieser Welt ohne Geheimnisse. Auch sie wird das Opfer der allgemeinen Öffentlichkeit und Durchsichtigkeit. Die modernen Gotteshäuser schrecken oft durch ihre Kälte ab: durch die Kälte des gleichmäßigen, elektrischen, in jeden Winkel vordringenden Lichts; durch die Kälte des nichtempfundenen, nicht durch Erfahrung und Erleben gedeckten Wortes; durch die Kälte gleichgültiger und heuchlerisch freundlicher Gesichter; durch die Kälte, die bisweilen an ein schlechtes Theater, an einen Sitzungssaal für Gewerkschafts- oder Parteiversammlungen erinnert. Aber doch ist es nach meiner Empfindung notwendig, daß es gerade in der Kirche einen warmen und versteckten Platz gibt, damit das Gebet seine ganze Wärme und Reinheit behalten kann, damit man sich nicht wie auf einem Bildschirm fühlt. Ist die Kirche doch der einzige Ort, der in der westlichen und in der östlichen Gesellschaft der Profanierung der Welt widerstehen kann, denn sie ist geheim sogar in ihrer Offenbarung, geheimnisvoll im Einfachsten und Klarsten. Verliert die Kirche diese Dimension, dann hört sie auf, „Ereignis" zu sein, dann wird sie banal.

Leben auf Kosten anderer – und schöpferisches Tun

Heute spricht man in bezug auf den Westen von einer Konsumgesellschaft. Mir scheint, man braucht diesen Begriff nicht auf den Westen zu beschränken. Sowohl in der westlichen, kapitalistischen als auch in der östlichen, sozialistischen Welt leben wir in einer Konsumgesellschaft. Im Westen manipuliert man uns von Kindheit an: Reklame, Massenmedien, der allgemeine Anpassungsdruck eines konformistischen Lebens. Der Mensch wurde in ein unersättliches, ungeduldiges Wesen verwandelt, das ewig bestrebt ist, etwas zu erwerben. Er kauft, nimmt, verliert sich in der Vielzahl der Waren, Sachen, Sorgen. Im Osten, wo es nichts gibt, für das man Reklame machen könnte, wird der Mensch ebenfalls in einen Konsumenten verwandelt. Für ihn *wird* gedacht, gehandelt, an seiner Statt *werden* Entscheidungen getroffen. Man hält ihn streng im Zustand einer verlängerten Kindheit. Man hat es ihm abgewöhnt, am Leben teilzunehmen und verantwortlich zu sein für seine eigenen Handlungen. Es gibt keine Volljährigen, alle gleichen kleinen Kindern, die viele dummen Sachen machen und die der allmächtige Vater Staat erzieht, bestraft, aber manchmal auch zu ihrem Tun anstachelt. Im Westen und Osten ist das Leben auf gleiche Weise „durchsichtig". Die Menschen haben auf gleiche Weise das Gefühl, daß sie überwacht werden, daß sie schuldig sind, daß sie ewige Geiseln und Gefangene sind.

Das Leben auf Kosten anderer scheint mir heute die auf diesem Planeten am weitesten verbreitete Art zu leben zu sein: Nehmen, nicht geben, schmarotzen! Das ist überall die geheime Devise.

In der Kommunikationsgesellschaft ist das wichtigste

Element der Lärm. Der Effekt des Lärms ist mehr oder weniger mit jeder beliebigen wissenschaftlichen Entdeckung, mit jedem beliebigen schöpferischen Prozeß verbunden. Wenn ein Erfinder etwas entdeckt hat, so fährt er auch weiterhin fort zu erfinden; aber auf seine Erfindung stürzen sich Tausende von Menschen, die sie ausnutzen und um ihn herum vor Bewunderung erstarren, während daneben die Erfindung selbst nichts mehr zu bedeuten scheint. Aus dem Ereignis macht man ein Objekt, die Energie wird in ein Netz von Strömen gelenkt, die Entdeckung wird umgewandelt in ein System von Beziehungen, wo jede Information vom Lärm derjenigen, die auf ihre Kosten kommen wollen, begleitet wird.

Das schöpferische Tun aber ist immer unmittelbar. Die Feuerzungen, die sich am Pfingsttag auf die Häupter der Apostel senkten, sie symbolisieren dieses Wesen des schöpferischen Tuns. Das ist Rede und Offenbarung, die jeder in seiner Sprache hört, ohne Dolmetscher, unmittelbar, ohne jemanden zu brauchen, der sozusagen sich etwas angeeignet hat und nun weitergibt.* Das große Ereignis des Schöpfertums ist die Kirche. Pfingsten ist ihr Anfang, ihre ewige Fortsetzung. Der Heilige Geist „macht alles neu". Die aus dem Feuer kommende schöpferische Natur der Kirche macht sie auch durchsichtig. Aber diese Durchsichtigkeit ist der Publizität entgegengesetzt. Die Kirche ist durchsichtig, transparent, so wie der Blick Gottes, der Heiligen, der Mutter Gottes transparent ist. Sie ist transparent aufgrund ihrer Ereignishaftigkeit: Alles geschieht ohne Wiederholungen, einmalig. Sie ist durchsichtig aufgrund ihres schöpferischen Tuns. In der Kirche vollzieht sich jede Sekunde ein Zuwachs

---

* Vgl. Michel Serres, Le parasit (Paris 1980).

an Realität. Als das ganz Lebendige entwickelt sich die Kirche von Kraft zu Kraft, von Vollkommenheit zu Vollkommenheit.

Die Kirche ist immer sowohl in der Zeit als auch außerhalb der Zeit, weil in ihr jeder Tag der letzte ist und jeder Augenblick angefüllt ist mit Gnade. Die schöpferische Eschatologie der Kirche ist der Zeitlosigkeit und dem höllischen Erstarren von heute entgegengesetzt. Der Welt der Parasiten steht in der Kirche die Welt des neuen, schöpferischen Äons gegenüber. Wie schreibt doch Vater Nikolaj Afanasjew: „Unser Glaube ist es, daß in der Kirche die alttestamentliche Prophezeiung in Erfüllung gegangen ist: ‚In den letzten Tagen wird es geschehen, so spricht Gott: Ich werde von meinem Geist ausgießen über alles Fleisch ...' (Apg 2, 17)." Nicht über eine gewisse Anzahl von Menschen in beliebiger Größe, sondern über alle Menschen gießt der Herr seinen Geist aus. Nicht einige, sondern alle haben Charisma, da sie die Gaben des Geistes empfangen haben.

Das Heilige ist das Reale

Die Mutter Gottes erhielt die Gaben des Heiligen Geistes vor allen anderen Menschen, sie wurde sein Gefäß: „Freue dich, durch den Geist vergoldeter Schrein!" sie ist die heilige Kirche, der neue Bereich. Die Mutter Gottes ist ganz Gehorsam und Offensein für Gott. In ihr ist nichts Zwiespältiges, Sündhaft-Verworrenes. Sowohl ihre Seele als auch ihr Körper sind von Licht durchstrahlt. Deshalb nennt man sie auch „die ganz Heilige": „Panagia". Maria lebt nicht für sich selbst, sie tut den Willen des Herrn Jesus Christus. Sie ist transparent, wie die Kirche transparent ist. Es ist die Transparenz des Geheimnisses, die Transparenz des Blickes, die Transparenz des Gehorsams. Sie ist der schamlosen und unanständigen öffentlichen Durchsichtigkeit vollkommen entgegengesetzt. Die erstere ist völliges Offensein für den anderen, die letztere ist unverschämte Grenzenlosigkeit der Neugier und der Langeweile („das Man" Heideggers). Und wie die Kirche der von Schmarotzern freieste Ort auf der Welt ist, ein Ort, wo es keine Mittelsmänner zu geben braucht, so trägt auch die Mutter Gottes nichts Passives in sich – ihr Gehorsam ist somit natürlich keine Passivität, sondern höchste, schöpferische Aktivität. Wie die Kirche ist die Mutter Gottes „ganz und schön".

Sie ist voll der Gnade und Heiligkeit. Uns als „ganz Heilige" ist sie absolut real. Die Frage nach der Realität müssen wir uns stellen. Sie ist wichtig gerade in unserem Jahrhundert, das das Gefühl dafür verloren hat, daß etwas tatsächlich existiert.

Wenden wir uns nun der Beschreibung der Realität zu, die ein Schüler Lacans gibt, der Philosoph und Psychoanalytiker Slavoj Zizek: „Das Reale ist der Grenzpunkt des Abzählens, die Grundlage des Prozesses der Symbolisierung. Es ist ‚reine Substanz'... Aber das Reale ist auch der Abfall des Prozesses der Symbolisierung, es ist das ‚Überflüssige', das ‚Superflu', der Rest, der nirgendwo untergebracht werden kann."

„Das Reale ist die Fülle der unveränderbaren, positiven Anwesenheit: es gibt nichts, was wir noch benötigen würden... Zugleich ist das Reale die Leere, das Loch im Herzen des Symbolischen, das sich auch um diese zentrale Abwesenheit herum strukturiert.

Auf den ersten Blick stellt das Reale durch sich gleichsam einen festen Kern dar, einen Kern, den zu negieren unmöglich ist, einen Kern, der der dialektischen Negativität nicht untertan ist – aber hier muß man schon hinzufügen, daß er nur deshalb so erscheint, weil sogar das Reale, indem es positiv ist, als nichts anderes erscheint als die Positivierung der Leere: der reale Gegenstand ist in höchstem Grade zerbrechlich. Er inkarniert die Leere, das Loch im anderen. Man darf ihn nicht negieren, weil er, da er positiv ist, schon als die inkarnierte Negation erscheint."*

Was Zizek als das „Reale" beschreibt, ist inhaltlich das, was man auch als das „Heilige" beschreiben kann: das Heilige ist das Reale „par excellence".

Der Heilige ist der Grenzpunkt des Abzählens. Man kann ihn weder in den Prozeß der Symbolisierung, noch in den Prozeß der Formalisierung, noch in den Prozeß des Verteilens von Rollen hineinstellen. In einem Heiligen gibt es keine neurotische Ambivalenz, d. h. Zerrissenheit einer Persönlichkeit, bei der Bewußtsein und Unterbewußtsein auseinanderfallen, die dieses Hineinstellen möglich machen würde. Der Heilige ist der Dialektik nicht untertan. Er ist unerklärbar. Über ihn kann niemand urteilen (obwohl: „Der geisterfüllte Mensch urteilt über alles" 1 Kor 2, 15). Es ist unmöglich, das Christentum zu erklären, es auseinanderzunehmen, selbst es zu rechtfertigen, weil die Heiligkeit immer „überflüssig" ist, sie bleibt immer im Rest beliebiger Erklärungen übrig.

Die Heiligkeit ist die Fülle der konkreten Anwesenheit. In ihr gibt es überhaupt keinen Fehler. Und zugleich gibt es keine feinere, keine leichter verwundbare

---

* Slavoj Zizek in: L'âne (1986), Nr. 27, S. 16–17.

Schicht des Lebens als die geistige Schicht. Die Heiligkeit ist die seltenste, die wertvollste Blume auf den Stufen der menschlichen Werte. Sie ist fast unmöglich, aber real. Heiligkeit – das ist nur Leere, das große Loch, in das Gott sich senkt. Sie ist das Gefäß zur Aufnahme des Heiligen Geistes, das inkarnierte Nichts. Es gibt keine größere Verleugnung als die, die Jesus Christus auf sich nahm – die Verleugnung am Kreuz. Das ist der tiefste, der niedrigste, der unbegreiflichste Seinsplan.

Der Heilige – das ist eine Absage an jedes Wiederholen, jedes Kopieren, jedes bloße Vorspielen von Realität. Er trägt keine Maske. Er ist immer ganz anwesend, während andere Menschen zwischen Anwesenheit und Abwesenheit leben. Die Tatsache, daß der Heilige immer *da* ist, gibt ihm die Kraft, auch alle Leute um ihn herum und die ganze ihn umgebende Welt real zu machen. Der Umgang mit einem Heiligen – sogar der wortlose Umgang mit ihm – ist immer ein Kommen zu sich selbst.

Der Heilige ist anwesend, aber diese Anwesenheit ist ein Transzendieren zum Anderen. Der Heilige gibt sein Obergewand weg (Mt 5, 40); er hält auch die linke Wange hin (Mt 5, 39); er geht mit dem, der ihn darum bittet, auch zwei Meilen (Mt 5, 41). Durch die Außergewöhnlichkeit des Opfers zeigt er, daß er nur für den Anderen und im Anderen lebt.

In der europäischen Geschichte war die Liebe, die Entdeckung des Anderen, meistens eine Angelegenheit der Frau. Die Männer befaßten sich mit Geschäften, mit dem Krieg, der Diplomatie. Der Frau ließen sie das scheinbar weniger Wichtige: die Sphäre des Gefühls. Aber obwohl Frauen im allgemeinen in der Liebe talentierter sind, haben auch sie selten das Niveau einer Liebe erreicht, die nicht tötet, die keine Gewalt anwendet: das Niveau der schwierigen und klugen Liebe der Heiligen. Die Offenheit der Heiligkeit muß – und kann – die Liebe der Frau vom Narzißmus und von sklavisch sich unterwerfender Ergebenheit (diesen beiden Gefahren, denen gerade Frauen häufig erliegen) befreien.

Und dennoch zeigt gerade die Frau in Grenzsituationen, in Augenblicken der Prüfung auch, wozu sie in der Liebe fähig ist. Im heutigen Rußland zum Beispiel hört man von Priestern, die sozusagen an der vordersten Front im Kampf für die echte Befreiung der Frau stehen, nicht selten sagen: „Ja, diese russischen Frauen sind alle heilig." Und wer anders als die Priester könnte die Sünden der russischen Frau genauer kennen: die Verzweiflung, die Müdigkeit, die Abtreibung, das Stehlen und ähnliches mehr. Und trotzdem hat einer von diesen Priestern gesagt: „Sie trösten den Tröster!" Die größte Sünde ist die Sünde wider den Heiligen Geist, die größte Würde ist es also, ihn zu trösten.

Das „Einmalige" des Christentums

In seiner hervorragenden philosophischen Märchenmetapher „Die Theologen" beschreibt der Schriftsteller Jorge Luis Borges unter dem Deckmantel alter Sekten den Zustand der Geister heute. Eine der Sekten hieß die „Monotonen". Sie glaubten, daß die Geschichte sich wiederholt, sich im Kreis bewegt: „Aurélien, der sich bemühte, trivial zu sein, verglich sie mit Ixion, mit der Leber des Prometheus, mit Sisyphus, mit jenem König von Theben, der zwei Sonnen sah, mit dem Stammeln, mit Papageien, mit Spiegeln, mit Echos, mit Mauleselinnen, die Wasserschöpfräder drehen und mit zweihörnigen Syllogismen."*

Der Gedanke von Borges zeigt sich deutlich in der Soziologie Baudrillards und anderer moderner Philosophen, die von unserer Welt als von einer Welt ununterbrochener Wiederholungen, Trugbildern, Spiegeln und Zitaten sprechen. Borges benutzt nur Beispiele aus der antiken Mythologie, aber die europäische Kultur scheint heute nicht weiter vorangekommen zu sein: ihre Archetypen, Ideen, Intuitionen haben mehr Gemeinsamkeiten mit der griechischen Mythologie als mit der christlichen Frohbotschaft. Das Prinzip der Wiederholung zeigt sich auf verschiedenen Ebenen, in unterschiedlichen Bereichen. Der kartesianische reduzierte Rationalismus, die Herrschaft der Vernunft – das ist das erste Beispiel für den Sieg der heidnischen Idee von der „ewigen Wiederkehr". Simone de Beauvoir schreibt interessant über die „ewige Wiederholung" auch im weiblichen Leben: Die Küche zwingt die Frau, sich wiederholenden Rhythmen unterzuordnen: schneiden, umrühren, waschen, aufräumen. Die Frau wird zur Sklavin einer aus Urzeiten stammenden Magie. Die Magie der Küche und die Magie der Wissenschaft kamen aus ein und derselben Wurzel. Heidegger zeigte, daß der Verstand unausbleiblich zu sich selbst zurückkommen muß, weil er aufgrund seiner Natur nur das begreifen kann, was er schon vorher weiß. Das heißt, der Verstand ist fähig, nur das Vergangene zu begreifen.

Die ewige Wiederkehr ist das Schicksal sowohl der marxistischen als auch der freudianischen Lehre. Sowohl Marx als auch Freud nehmen dem Menschen die

---

* Jorge Luis Borges, L'Aleph (Paris 1967), S. 5.

Freiheit: Bei Marx ist der Mensch das Opfer sozialer Prozesse, bei Freud ist er das Opfer seiner eigenen Kindheit: Der Mensch kann aus diesem Kreislauf der Bedingungen nicht ausbrechen. Marx und Freud sind die einflußreichsten Denker der ersten Hälfte des 20. Jahrhunderts. Wenn man noch von anderen sprechen will, so finden wir sogar bei den Existentialisten immer wieder denselben Kreis, immer wieder dieselbe „ewige Wiederkehr" – auch im Stoizismus von Camus muß der Mensch, Sisyphus ähnlich, immer wieder denselben Stein den Berg hinaufrollen.

Es ist überflüssig, davon zu sprechen, daß das Christentum diesen immanenten Kreis durchbrochen hat. Jesus Christus wurde nur einmal gekreuzigt (Hebr 9), einmalig war auch die Auferstehung. Die Eucharistie ist einmalig. Jede menschliche Seele ist nach der christlichen Lehre einzigartig. Das Christentum brachte in unsere Welt die Unwiederholbarkeit, die Konkretheit und die Geschichtlichkeit.

Das „Einmalige" des Christentums leuchtet uns auch durch die Gestalt der Mutter Gottes, und zwar gerade im Glauben an ihre Jungfräulichkeit. Gerade diesen scheinbar so „unzeitgemäßen" Glauben sollten Christen heute wieder neu und tiefer verstehen lernen, weil er genau die Antwort des Christentums auf die eben skizzierte „Not unserer Zeit" ist.

Die Jungfräulichkeit der Mutter Gottes

Die Mutter Gottes ist auch der Wiederholbarkeit, der Langeweile, die wir als Charakteristikum der Gegenwart beschrieben, entgegengesetzt.

heit spricht die christliche Lehre, davon zeugt die Tatsache selbst der Menschwerdung Gottes.

Der heilige Apostel Paulus schreibt an die Gemeinde von Thessalonich: „Der Gott des Friedens heilige euch ganz und gar und bewahre euren Geist, eure Seele und euren Leib unversehrt, damit ihr ohne Tadel seid, wenn Jesus Christus, unser Herr, kommt" (1 Thess 5,23).

Der heilige Irenäus von Lyon sagt in ähnlicher Weise, daß das vollkommene menschliche Sein aus einer Seele und einem vom Heiligen Geist belebten Körper bestehe. Und auch der heilige Gregor von Nyssa erinnert oft daran, daß der Körper eng mit der Seele verbunden ist: „Die Seele ist das innere Bild des Körpers."

Man könnte die Liste der Zitate verlängern. Das Wichtigste aber ist zu verstehen, daß das Christentum von Anfang an gegen die gnostische Einstellung ankämpfte, die voller Geringschätzung für den Körper ist, und daß, wenn diese Einstellung heute immer noch herrscht, dies ein Zeichen dafür ist, daß „Gott tot ist".

Das Verhältnis zum Körper und das Verständnis des Körpers gingen in der Philosophie verloren, als er als ein selbständiges Objekt gedacht wurde, als er die Verbindung mit dem Ganzen der menschlichen Persönlichkeit verlor. Das war die Folge des Anwachsens des Individualismus, des Rationalismus und des Mechanismus, der auch die europäische Menschheit seit Beginn der Neuzeit charakterisiert. Noch für das Mittelalter sind der Mensch und sein Körper untrennbar. Aber schon Descartes sieht den Körper als eine Maschine, er existiert schon nicht mehr selbständig, er funktioniert. Diese Einseitigkeit der Körperauffassung beherrscht nicht nur die Naturwissenschaft, sondern auch das Christentum.

Der Mensch kann seinen Körper nicht mehr ertragen.

Wenn der Körper im Leiden spürbar wird, dann nimmt der moderne Europäer unverzüglich schmerzlindernde Mittel und erlaubt somit den Organen seines Körpers nicht, sich zu offenbaren. Das schmerzlindernde Mittel schaltet nur das Symptom aus, ohne zur Wurzel des Übels vorzustoßen. David de Breton hat festgestellt: „Der heutige Mensch versucht beständig, wenn er pharmakologische Mittel verwendet, seine Grenzen nicht zu bemerken:"* Er kämpft gegen alles, was den Körper einschränkt – nicht nur gegen Schmerz, sondern auch gegen Depressionen, Müdigkeit, Überanstrengung –, mit mechanischen Mitteln an. De Breton analysiert zu Recht: „Viele von denen, die Arzneimittel nehmen, verlieren das intime Verhältnis zu sich selbst, weil sie ständig zu pharmakologischen Prothesen Zuflucht nehmen."

So gesehen lebt der westliche Mensch in einer Welt ohne Widerstände, folglich hat er nichts, mit dem er kämpfen könnte, nichts, über das er sich wundern könnte, niemanden, zu dem er voll Ehrfurcht emporschauen könnte: eine Wiederkehr von immer gleichen sinnleeren Situationen und bloßen Gesten gesellschaftlicher Rituale. Es ist ein Leben, das dem Schlaf gleicht. Ein solcher Mensch trifft sich nicht mehr mit dem Anderen: weder mit dem Anderen – als dem Nächsten, noch mit dem Anderen – dem Selbst in sich, noch mit dem Anderen – Gott. „Bewußtsein ist Leiden", schrieb Kierkegaard. Seit den Zeiten der Absolutsetzung der modernen Wissenschaften und des Verstandes, seit der Renaissance, wird das Gefühl für die Wirklichkeit immer schwächer. Immer häufiger werden Emotionen verdrängt, immer mehr schwindet das Vertrauen aus dem

---

* David de Breton, Corps et société. Paris 1980, S. 104.

Verhältnis der Menschen zueinander. Elias Canetti schreibt in seiner Analyse von „Masse und Macht" von der Kontakt-Phobie, die charakteristisch ist für den westlichen Menschen, von der Angst dieses Menschen, daß ihn ein Fremder anfassen könnte.

Der Mensch der nachindustriellen Gesellschaft trifft sich nicht mehr mit der Realität, auch nicht mit der Realität des eigenen Körpers, der sich in der Routine des tagtäglichen Existierens gleichsam auflöst.

Auch der Körper unserer Städte verliert seine Körperlichkeit. Der Mensch ohne Eigenschaften hat Städte ohne Eigenschaften hervorgebracht: monotone, graue, traurige Räume. An allen Enden des Erdkreises finden wir die gleichen kastenförmigen Gebäude, Früchte der heutigen rationalisierenden, funktionalisierenden, nivellierenden Zivilisation. Ein solcher Körper reduziert sich auf die Summe zufälliger Merkmale, er läßt sich zurückführen auf die bloße Form, die jeglicher Existentialität, jeglicher Geschichtlichkeit entbehrt. Der Körper funktioniert, er lebt nicht, er wird zur Utopie der modernen Stadt.

Maria Claude Farca beschreibt eine in naher Zukunft mögliche Situation: Die Einwohner einer Stadt haben verlernt, zu sprechen und zu gehen, und können nichts ohne Zuhilfenahme besonderer Prothesen machen. Es scheint, daß wissenschaftlich-phantastische Erzählungen von Menschen-Automaten, von „Androiden" heute schon keine bloße Erfindung mehr sind.

Die Soziologen sprechen ständig von der körperlichen Schizophrenie. Ungeachtet aller Versuche, den Körper zu vernichten, leistet dieser Widerstand. Noch zu Anfang dieses Jahrhunderts schrieb Nietzsche, daß der Leib die „große Vernunft" sei. Und Freud entdeckt, daß der

Körper untrennbar mit der Psyche, mit der Welt der Ideen und Wünsche, verbunden ist, daß er auf eine Lüge in unserer Gesellschaft klüger reagieren könne als das Bewußtsein.

Und heute sehen wir, wie groß die Begeisterung ist für Yoga, für Karate, für Massage, für verschiedene östliche Praktiken. Diese Begeisterung für den Osten ergänzt gleichsam den einseitigen westlichen Rationalismus. Das Prinzip von Karate zum Beispiel ist ja die Einheit von Bewußtsein und Geste, ist die Untrennbarkeit des menschlichen Verhaltens, der menschlichen Person. In diesem Prinzip wird jeglicher Dualismus, jegliche Schizophrenie der Trennung aufgehoben, es festigt sich die Einheit von Bewußtsein und Sein. Der Mensch findet die Realität, und die Realität findet den Menschen.

Aber die Begeisterung für den Osten befreit uns kaum von unseren europäischen Übeln. Denn sowohl Yoga als auch die anderen östlichen Praktiken müssen sich in einem vollkommen anderen Kontext vollziehen, im Rahmen jener östlichen Religionen und Traditionen, von denen wir im Westen sehr weit entfernt sind und die wir uns kaum in individueller Weise (und auch nicht gruppenweise) aneignen können. Aber warum wenden wir uns eigentlich nicht unserer eigenen, christlichen Tradition zu, warum haben wir vergessen, daß es auch im Christentum keinen Dualismus zwischen Geist und Körper gibt und daß Heiligkeit eben gerade die Untrennbarkeit und Integrität des menschlichen Daseins ist? Gerade beim heiligen Menschen entsprechen Geste, Tun, Wort und Blick ja dem Bewußtsein. Daher rührt seine ikonenhafte Schönheit, die Vollkommenheit seines Äußeren. Nicht zufällig haben die Kirchenväter so konkret, bisweilen so körperlich vom Geistigen geschrieben. Der heilige Benedikt sagt, der Mensch müsse so beten, „ut mens concordet voci": Gerade der Verstand muß nach der Stimme reifen, und nicht umgekehrt. (Siehe das Interview mit Wilhelm Nyssen in: „Das Gespräch" Nr. 4, Paris – Leningrad 1986). Der heilige Basilius der Große lehrte die jungen Mönche zuerst die richtige Art zu gehen, die richtige Art zu sitzen und ähnliches mehr, um dann erst zum „Geistigen" überzugehen. In den heutigen orthodoxen Kirchen ist diese Bedeutung des Körpers noch nicht verlorengegangen. Es gibt verschiedenartige Verneigungen, Sitzhaltungen, das Kreuzzeichen, einen besonderen Lebensrhythmus, bestimmte Arten zu gehen, eine besondere Stille und Konzentration bei jeder Geste, die Verehrung der heiligen Reliquien – all das ist ungewöhnlich wichtig. Deshalb fällt es den heutigen russischen Neubekehrten so leicht, die große christliche Tradition zu entdecken: Zusammen mit dem Geist entdecken sie auch den Körper. Deswegen ist auch die Bedeutung Marias für uns so groß, ohne die auch die Menschwerdung Christi nicht endgültig wäre: die Mutter Gottes ist der Körper Christi. Sie ist die Wärme und die Seele der Welt.

Die „männliche" Zivilisation

Die moderne Zivilisation kann man mit einer gewissen Berechtigung eine „Männerzivilisation" nennen: Der Mann ist der Erfinder der Technik, der Organisator der äußerlichen und einseitigen, mechanischen Verbesserung des Lebens. Die Frau widersetzte sich in aller Regel in größerem Maße der Gleichschaltung des Lebens und dem Verlust des Herzens, sie ist auch heute offener für das Opfer als der Mann.

In der westlichen mache ich ebenso wie in der östlichen, ideologischen Gesellschaft die gleiche Beobachtung: Die Frauen widerstehen mehr als die Männer der Entpersönlichung. Der Mann ist ins soziale Leben hineingezogen, er ist im System engagiert. Die Frau ist de facto mehr mit dem Unmittelbaren (also einer Realität, die nicht lügt) verbunden, sie kann z. B. gebären. Und in dieser nicht-trivialen Erfahrung, in dieser Begegnung mit dem Anderen (das Kind ist immer ein Bote aus der anderen Welt) hat es die Frau leichter, das Echte zu finden.

Aber man darf die Frau auch nicht pauschal und blind idealisieren. Bisweilen ist sie einfach die Sklavin des Sklaven, man zieht sie dann ins System auf eine Weise hinein, daß sie ihre Personwürde noch auffälliger verliert, dann nämlich, wenn sie nicht mehr auswählt oder wenn sie sich kleinlich rächt oder mit einer Beleidigung lebt oder versucht, den Mann in seinem männlichen Aktivismus zu übertreffen.

Und bekanntlich wird er mit Erfolg übertroffen: Viele Frauen spielen mit, sie spielen eine Rolle, die ihnen aufgezwungen wird, wollen sie gesellschaftlich anerkannt sein. Notwendig wäre es für die von Männern geprägte Zivilisation, wenn Frauen die Möglichkeit hätten, in allen Bereichen auch ihre menschlichen Erfahrungen wirken zu lassen. Doch heute müssen sie ihre Rolle noch perfekter spielen als die Männer: In der Sowjetunion sind weibliche Gefängniswärter, weibliche Staatsanwälte oder Ärztinnen, die Dissidenten in den psychiatrischen Kliniken „heilen", oft grausamer als Männer.

Jenseits von Aktivität und Passivität

Wir leben am Ende der Epoche der Aufklärung. Über die Ausweglosigkeit dieser Epoche wird heute ständig gesprochen. Einst machte die Aufklärung die Vernunft und den Nutzen zu zentralen Begriffen des Lebens. Der Körper war in den Hintergrund gerückt worden, er wurde verachtet, man vergaß ihn. Dies war (und ist) die Epoche einer neuen Gnosis. Zusammen mit dem Körper, der Spontaneität, dem Herzen und der Intuition war auch die Frau, die die „nächtliche" Seite des Seins symbolisierte, verdrängt worden. Wo immer sich auch die Ideale des Rationalismus durchsetzen, überall dort wird zusammen mit der Natur auch das Weibliche vertrieben, herabgewürdigt. Besonders augenscheinlich wird das, wenn man sich der Geschichte verschiedener Befreiungsbewegungen zuwendet, die von der Losung „Freiheit, Gleichheit, Brüderlichkeit" geleitet wurden. Überall beteiligten sich zu Beginn von großen sozialen, kulturellen und religiösen Bewegungen Frauen zunächst aktiv. Aber in dem Maße, wie die „Freiheiten" errungen wurden, wurden Frauen „unpassend", und sie wurden in den Hintergrund gedrängt.

So kämpften bei uns in Rußland in der zweiten Hälfte des 19. Jahrhunderts Anhänger der Freiheit und der Vernunft Seite an Seite mit den Frauen für das „Glück des Volkes". Die russische Frau war damals eine der emanzipiertesten Frauen in Europa, es gab eine sehr fortschrittliche Frauenbewegung. In den Reihen der Kämpfer für die „Freiheit" standen hervorragende Frauen, kühn, klug, gebildet, die innerlich abolut frei waren und sich nicht davor fürchteten, den Luxus des höfischen Lebens einzutauschen gegen äußerste Armut, Verfolgung und

Zwangsarbeit. Es waren Frauen, die ihre Männer führten, die zu jedem Opfer für die gemeinsame Sache bereit waren. Der russische Philosoph Fedotow nannte sie „heilig ohne Gott". Die Oktoberrevolution bereiteten sie zusammen mit den Männern vor. Aber gleich nachdem die Zeit der Herrschaft und der Staatsgewalt angebrochen war, zeigte es sich, daß die Frauen nicht mehr dabei waren. Ihre weiblichen Forderungen waren zu gefährlich geworden. Alles kehrte in die eingefahrenen Geleise zurück. Man beeilte sich, die aktivsten möglichst weit wegzuschaffen. Die berühmte Feministin Kollontay etwa ging als Botschafterin in die Schweiz. Die Schlüsselpositionen im neuen Staat wurden von Männern eingenommen.

In unserer Zeit hat man nicht nur in der Sowjetunion, sondern auch hier im Westen verstanden, wohin die Religion der Vernunft führt, zu welcher Hölle die Aufklärung die Menschheit gebracht hat. Überall ertönen Stimmen, die den einseitigen Fortschritt, die Diktatur der Vernunft und der Technik, die ungehemmte Aktivität und die barbarische Vernichtung der Natur kritisieren. Sowohl Männer als auch Frauen entdecken das „Weibliche" in sich. Eine spontane Welt der Offenbarungen des Herzens, der Annahme und der Liebe scheint sich aufzutun.

Über dieses Entdecken des „Weiblichen" schreibt z. B. die Feministin und Theologin Elisabeth Moltmann-Wendel. Sie zitiert Karen Böhme, die einen Ausweg aus dem Bestehenden „in der Mitte zwischen Aktivität und Passivität, zwischen Tun und Erleiden" sieht, Moltmann-Wendel fährt fort: „Eine Ethik, die pathisch, und eine Vernunft, die libidinös ist, könnte privat und gesellschaftlich zu neuen Motivationen menschlichen Zusammenlebens führen. Die Vision vom ganzen Menschen sollte die rationale und aggressive Phase der Frauenbewegung auflockern."*

Aber wo ist denn die geistige Grundlage für diese Synthese der Passivität und der Aktivität? Wo ist die christliche, konkret-kirchliche Begründung der „Ganzheitlichkeit" des Menschen? Ganzheitlichkeit bedeutet die Aufhebung von Entfremdung. Bekanntlich sprachen von der Ganzheitlichkeit viele (dieses Ideal ist ja auch sehr anziehend): Charles Fourier, Karl Marx, die Personalisten, die Existentialisten. Und wir wissen, daß viele Ideologien, die mit dem Gespräch über die Ganzheitlichkeit anfingen, damit endeten, daß sie den Menschen beschnitten, ihn verkürzten und reduzierten nach den Schemata, die im gegebenen Moment die geeignetsten schienen. Ganzheitlichkeit im christlichen Sinne, das ist die Reife der Person, in der die Entfremdung tatsächlich aufgehoben ist. Das ist ein sehr hoher Anspruch, der nur sehr schwer zu verwirklichen ist.

Ich bin damit einverstanden, daß auch die Frau heute vom Christentum öffentlich sprechen muß, ausgehend von der Erfahrung. Ich berufe mich auf die Erfahrung meiner Freundinnen im Zusammenhang mit der Zeitschrift „Maria". Uns war klar, daß man die Ganzheitlichkeit in der Erfahrung der Kirche, in der segensreichen Erfahrung des kirchlichen, christlichen Lebens suchen muß. Vor allem in der Erfahrung der Demut. (Wir widmeten diesem für uns wichtigsten Begriff eine ganze Diskussion; man kann sie in der 3. Nummer der Zeitschrift „Maria" finden.)

Demut verstehen wir so: In der Demut fürchtet sich

* E. Moltmann-Wendel, Freiheit, Gleichheit, Schwesterlichkeit (München 1977), S. 53.

der Mensch nicht, sich loszusagen von allen Abhängigkeiten, von allen Ansprüchen und Ambitionen, die ihn in den Augen der anderen erhöhen sollen. Er sagt sich mit Freude von der aufgeblasenen Selbstzufriedenheit los, von der gebieterischen Geste, von dem unverschämten und stolzen Blick. Und er tut all das, um die „Reinheit des Herzens" zu finden, sein innerstes „Ich", durch das er mit Gott verbunden ist. Die Demut führt zur inneren Welt, zum Paradies, wo Seele und Körper nicht voneinander getrennt sind. In der Demut löst sich der Widerspruch zwischen aktiv und passiv auf. Der Mensch kommt zum ursprünglichen, göttlichen Niveau des Seins, er hört auf, aus „zweiter Hand" zu leben, ein Aussauger und ein Konsument zu sein. Er wird aktiver Schöpfer, weil er Gott durch sich sprechen läßt, weil er es versteht, ganz passiv zu sein.

Aber man kann auch E. Moltmann-Wendel verstehen, die nicht in Rußland geboren wurde, wo das Christentum verfolgt wird, sondern in einem Land, wo das Christentum „siegte". In der Tat: Kann man die zur Demut aufrufen, die im absoluten Konformismus eines überanständigen bürgerlichen „Christentums" leben? Kann man die zur Demut aufrufen, die nie rebelliert haben, die ein vorprogrammiertes Leben führen und sich übernommenen Normen und Ängsten unbewußt unterordnen? Die, deren Problem eher ist, daß sie nie sie selbst waren, daß sie nie eine bewußte Wahl getroffen haben, weil sie immer den anderen gehorchten (nur nicht Gott, sie gehorchten den Menschen und dem Staat). Es ist klar, daß man diese Frauen zuerst vom ewigen Schlaf aufwekken, sie aus dem Zustand der Trägheit herausreißen muß. Die Selbstzufriedenheit und die Trägheit sind das schrecklichste Vergehen im Christentum. Sogar der

Mensch, der sehr große Sünden hat, kann noch Reue empfinden, der Selbstzufriedene und Unbewegliche wird nie Reue empfinden. Es ist also völlig klar, daß man eine solche Frau zuerst dazu bringen muß, aus dem Zustand geistiger und moralischer Lähmung herauszutreten, daß man sie ermuntern muß, erst einmal anzufangen zu leben. Und es ist klar, daß unsere Situation, die Situation der Frauen in Rußland, einen ganz anderen Hintergrund hat, der auch unser Verständnis von Demut bestimmt. Ja, die russischen neubekehrten Frauen von der Bewegung „Maria" kennen das ganz andere, sie kamen aus anderen Versuchungen und Abgründen heraus. Sie kamen zum Christentum aus einer Welt, wo sie dauernd ihr „Ich", ihre Unabhängigkeit verteidigen mußten. Sie waren die ungehorsamsten, die „unanständigsten" und unabhängigsten Frauen. Das Christentum war von ihnen natürlich nicht aus Konformismus angenommen worden (aber auch nicht aus Anti-Konformismus). In ihrem Kampf gegen die Gesellschaft, den Staat – gegen die ganze Welt, gelang es meinen Freundinnen zu fühlen, wie bedingt die Werte der Zerstörung und des Widerstandes sind. Sogar das Heldentum erwies sich letztendlich als lächerlich und theatralisch. Nur die Demut konnte sie auf das Niveau des Seins bringen, wo es keine Selbstbewunderung mehr gab, wo man sich selbst sein konnte, ohne sich selbst und die änderen zu zerstören. Nur die Demut wurde die Grundlage, die den Anforderungen des schöpferischen Tuns und der Kühnheit genügt, eine Grundlage, die nicht in „Lärm" und „Hysterie" ausartet. Die Demut ist die erstaunlichste, die geheimnisvollste und tiefste christliche Tugend. Sie wird sowohl von der bürgerlichen Gesellschaft (wegen ihrer Selbstzufriedenheit) als auch von der kommunistischen

Gesellschaft (deswegen weil das Wort „der Mensch" dort „stolz klingt") verjagt.

Sie ist eine seltene Blume der Menschheitsgeschichte. Niemals wird es dem unbeweglichen, menschlichen Verstand gelingen, die Demut zu banalisieren.

Gerade deswegen kam meine neubekehrte Freundin Margarita K. zum Christentum. Die Seligpreisungen, z. B. die Verheißung: „Selig sind die Sanftmütigen", beeindruckten sie stark. Sie sagte: „Zu einer solchen Tiefe kann der Mensch selbst nicht gelangen. Eine solche Tiefe kann man sich nicht ausdenken oder verfassen. Diese Verheißungen sind nicht durchführbar! Und dennoch werden sie verwirklicht. Sie sind kein nebelhaftes Ideal. Sie können auch heute schon verwirklicht werden. Auch heute schon sind die Sanftmütigen und die Demütigen selig, sie übernehmen als Erben auch heute das Land, sie sind ‚das Licht für die Welt', dank ihnen findet das Leben seine Fortsetzung, dank ihnen ist die Menschheit nicht völlig verroht, hat sich nicht zerstört in der Kälte des Computerjahrhunderts. Nur die Demut ist der Entropie der Welt entgegengesetzt."

Wenn die Menschen das Evangelium schätzen konnten und so viele Jahrhunderte hindurch diesem unbanalsten Buch auf der Welt folgen konnten, so heißt das, daß sie wirklich das Bild Gottes in sich tragen, das heißt: in der Menschheit ist ein bestimmter Sinn, ein bestimmtes Geheimnis enthalten.

Die Demut und der Geist der Schwere

Das Christentum ist nicht eine Theorie oder Ideologie in einer Reihe von anderen, sondern es kam als Befreiung. Als Befreiung vom Bösen, aber auch als Befreiung vom unechten Guten. Wie oft spricht der Geist der Schwere (der Nietzschesche Zwerg auf den Schultern eines Riesen) vom Guten, wie oft wirft er sich auf andere – im Namen „guter Taten". Berdjajew schrieb vom Schrecken des unechten, unter Zwang erfolgenden Guten, das nicht befreit, sondern knechtet, den Menschen zu einem Sklaven der Selbstzufriedenheit und des Stolzes macht. Der christliche Verzicht ist vor allem ein Verzicht auf das moralisierende Gute. Die Absage an das Böse ist einfache Hygiene, das ist nicht einmal so schwer. Das machen auch die Heiden. Schwieriger ist es, sich von dem Guten zu befreien, das zur Selbstzufriedenheit führt, schwieriger ist es, die nicht-ideologische Natur des Christentums zu entdecken. Aber gerade das ist notwendig, weil der Hauptfeind der Stolz ist. Sich befreien, sich reinigen, den Herrn als Vater anerkennen kann nur der Demütige, nicht der Selbstzufriedene, das kann nur der, der mit Jesus Christus spricht: „Warum nennst du mich gut, niemand ist gut, nur Gott."

Das größte Paradox des Christentums im „christlichen" Europa und eine bis auf den heutigen Tag traurige Wahrheit ist es, daß gerade der selbstzufriedene, träge Spießbürger die Gestalt des Christen wurde, die man am häufigsten antrifft. Anstatt zu leben, dient er dem Tod. Aber das Leben ist doch konkret, das Leben ist doch unser Herr Jesus Christus; und Schemata und abstrakte Begriffe tragen zusammen mit der abstrakten Moral den Kern des Todes in sich.

Aber eben diesen Kern des Todes kann man bei den gegen das passive und moralisierende Christentum kämpfenden Feministinnen dann erkennen, wenn sie an die Stelle der einen Moral eine andere stellen, an die Stelle des „unter Zwang erfolgenden" Guten die bloße Destruktion und an die Stelle der existentiellen Knechtschaft den Stolz setzen. Denn Stolz führt immer zur gleichen Selbstzufriedenheit.

Deshalb ist die Demut, die jeden beliebigen Moralismus und die Selbstzufriedenheit zerstört, auch hier, im westlichen Leben, notwendig. Die richtig verstandene Demut ist kein Masochismus und keine sklavische Annahme von Abhängigkeiten, sondern der Verlust seines Selbst für Gott und durch diesen Verlust ein neues Sich-Finden.

Mir scheint, daß man diese Demut auch in dieser vorgetäuscht demütigen Welt predigen muß – was immer die Feministinnen auch dazu sagen.

Meine Überzeugung ist daher: Die Demut rettet auch die westliche Frau – und nicht nur die Frau. Sogar die, die nie irgend etwas wagte und im falschen Sinne „demütig" war. Die Demut wird sie gerade auch von ihren inneren Ängsten, von falschen Rollenpositionen und Abhängigkeiten befreien. Wenn das Wichtigste nicht die Meinung der Umgebung, sondern der Wille Gottes ist, dann ist der Mensch immer offen für die Zukunft, und es gibt in dir keine kleinliche Trägheit, Furchtsamkeit, keinen Narzißmus.

Unabhängig von der Gesellschaft, der Zeit und dem Ort bleiben die Demut und die Liebe menschliche Tugenden, die der Person erlauben, Person zu werden.

Sexualität und Eros

Der Feminismus und die Stufen der christlichen Freiheit

Wie Feministinnen (und nicht nur sie) behaupten, hat sich in den letzten zwanzig Jahren die größte Revolution in der Geschichte ereignet: Männer und Frauen haben ihre Vorstellung voneinander radikal geändert. Die üblichen, von Gewohnheit und Sitte herrührenden Stereotypen vom „männlichen" Mann und von der „weiblichen" Frau haben sich aufgelöst und sind verschwunden, die letzten Mythen sind gestorben. Es gibt kein verbindliches Beispiel und Muster mehr, es gibt nur eine unendliche Vielzahl von Möglichkeiten. Simone de Beauvoir schrieb: „Als Frau wird man nicht geboren, eine Frau wird man." Diese Aussage kann negativ verstanden werden: wie etwas, das erlaubt, sich selbst und auch andere zu zerstören. Aber sie kann auch anders aufgefaßt werden: das, was einmal unser Schicksal war, kann heute unsere Freiheit sein.

Wie gut ist es, daß alle ökonomischen, sozialen und kulturellen Stereotype zerstört worden sind, wie gut ist es, daß man jetzt endlich von der Frau als von einer Person sprechen kann. In unserer Zeit ist das Wichtigste zum Vorschein gekommen: Der Mensch ist frei. Aber er ist nicht zu dieser Freiheit „verurteilt", wie es Simone de Beauvoir und Sartre glaubten. Er kann mit ihr etwas anfangen! Er soll diese Freiheit dazu gebrauchen, um Person „nach Christi Maß" zu werden. Doch trifft man in der christlichen Literatur nicht selten konservative Positionen an. Viele glauben auch bis heute, daß die Frau dem Mann irgendwie gleich sei, daß sie aber besondere „Charismen" habe – sie sei intuitiver, zarter usw.

Diese Position engt das Geheimnis der Freiheit und das Geheimnis der Person ein. Rein historische oder biologische Besonderheiten, das nur Relative und das in der Welt einfach nur Vorhandene, steigert sie unzulässig bis zur Ebene des Geistigen und Ewigen. Moderne Untersuchungen haben gezeigt, daß es nie absolut gleiche Lebensbedingungen für Frauen und Männer gab: Keine einzige Gegebenheit kann auf unserem Planeten als unveränderlich anerkannt werden. Das, was in Europa als männlich erscheint, ist z. B. in der Gesellschaft Ozeaniens weiblich.

Die einzige und unveränderliche Konstante, die uns die Geschichte gibt, bleibt folgende: Für alle Gesellschaften wurde nur der *Unterschied* als solcher zwischen dem Männlichen und dem Weiblichen als Gemeinsames festgestellt.

Der Feminismus half das zu überwinden, was im Prinzip auch schon lange von der christlichen Apophatik überwunden wurde. In der apophatischen Erkenntnis befindet sich Gott jenseits jeder rein begrifflich-logischen Aussage. Er kann nicht auf bestimmte Eigenschaften festgelegt werden. Er ist nicht „schön" und nicht „häßlich", nicht „Licht" und nicht „Dunkel", er existiert nicht und existiert doch – und so weiter. Der apophatische Weg ist das Aufsteigen zu Gott durch die Verneinung jeder Festlegung – und so auch durch die Befreiung von historischen Abhängigkeiten, Gewohnheiten und

Vorurteilen. Diese Methode gestattet es dem Christentum, allen modischen Zeitströmungen immer voraus zu sein. Denn nur Jesus Christus befreit. Er macht uns so frei, daß im Vergleich mit dieser Freiheit die erst seit kurzem gefundene Absage ans Patriarchat und an seine verlogenen Identifikationen und Rollenzuweisungen als eine seit langem bekannte Binsenweisheit scheinen muß.

Und nicht nur das werden wir sehen! Christus brachte eine unerhörte Freiheit in die Welt, aber wir Menschen sind unseren Ängsten, Komplexen und Abhängigkeiten verhaftet geblieben. Auch einige Aussagen von Kirchenvätern, sogar von heiligen, zum Thema „Frau" können heute nur grotesk wirken. Die Gesellschaft nähert sich erst jetzt ein wenig der authentischen christlichen Wahrheit. Die Kunde vom Tod des Mythos „Patriarchat" kam zum Beispiel erst vor ganz kurzer Zeit zu uns: erst vor noch nicht allzulanger Zeit wurde die europäische Frau ökonomisch, juristisch und moralisch dem Mann gleichgestellt. Tatsächlich entstand dann die Gefahr einer neuen Knechtschaft: an die Stelle der „patriarchalischen" Abhängigkeiten und Ideologien traten nicht selten feministische Ideologien. Solch ein Feminismus arbeitet nur an der Oberfläche: Er bleibt eine materialistische, menschliche, allzu menschliche Strömung. Er geht nicht in die Tiefe, zu den positiven, geistigen und schöpferischen Wurzeln der Freiheit. Der von vielen Feministinnen gewählte Weg – ein Weg des Kampfes und der Negation – endet somit auch in der häßlichen Grenzenlosigkeit ewiger Beschuldigungen, in der ewigen Suche nach dem Sündenbock. Dies verdeutlicht ein Rückblick, den das französische Fernsehen nach dem Tod Simone de Beauvoirs im April 1986 unternahm: Es zeigte eine Reihe von Sendungen, in denen sie mitgewirkt hatte.

Mein Gott, wie veraltet sie sind! Es war lächerlich, zu sehen, wie diese Feministinnen ihre Hoffnungen auf China setzen – Filmszenen: Jungen und Mädchen in China tanzen und singen – Gleichberechtigung. Während in den islamischen Ländern Frauen, in unheilvoll-schwarze Kleider gehüllt, häßlich ... kleine Kinder auf den Armen halten. Eine primitive Kritik der Religion, eine primitive und naive Idealisierung des sozialistischen China. All das ist schon lange Vergangenheit – selbst in Frankreich, wo es offenkundig wurde, daß man „nach Vietnam, Kambodscha, Gulag und so weiter" kein Gesellschaftssystem allein idealisieren darf, daß man weder rechts noch links sein darf.

Auf dem Bildschirm ist das Gesicht der neuen „Göttin" – ein Gesicht, das nicht lächelt, das angespannt-nervöse Gesicht Simone de Beauvoirs. Um sie herum – ihre Hofdamen, amerikanische, französische Feministinnen. Das Gespräch geht über Gewaltanwendung, über den langwierigsten und grausamsten Krieg, den Krieg der Geschlechter. Von den Männern sprechen sie fast ausnahmslos wie von Hauptfeinden der Menschheit – mit innerem Entsetzen, wobei sie auf irgendwelche böse Taten der Männer anspielen, die diese noch vorhaben. Als ob menschenfeindliche außerirdische Wesen mit List und Tücke unseren Planeten erobert hätten und die Frauen jetzt das ihnen von diesen Wesen auferlegte jahrhundertealte Joch abwerfen müßten. Im Kampf gegen die Ideologien und den Moralismus der „Rechten", gegen die Überbleibsel der patriarchalischen Überheblichkeit kommen diese Feministinnen zum Moralismus der „Linken", zu einer lächerlichen Demagogie, zu einer primitiv-magischen Methode zu denken, zur Suche nach dem Feind und dem Sündenbock.

In unseren 80er Jahren ist dieser Eifer in der Tat etwas abgekühlt. Er ist abgekühlt, weil heute überall die Lust, ideologisch zu denken und einer Utopie zu vertrauen, zurückgeht. Die politische Utopie hat schon sehr lange (seit den Zeiten der Französischen Revolution) eine Niederlage erlitten, die ökonomische Wirtschaftsutopie erleidet eine Niederlage in unseren Tagen, insofern wir in Europa in einer verhältnismäßig reichen Welt leben, wo sich die Frage des „Sterbens vor Hunger" nicht mehr stellt.

Der revolutionäre Impetus der Linken hat (in Frankreich wenigstens) ganz klar abgenommen. Was ist geblieben von dem Enthusiasmus, dem hoffnungsvollen Aufbruch 1968? Wo sind die einstigen Revolutionäre? Sie haben sich Häuser und Autos angeschafft. Sie haben sich an die Langeweile des Lebens gewöhnt. Und an die Stelle des kämpferischen, romantischen Feminismus treten immer häufiger die Rechtfertiger einer ruhigen, wohlgeordneten Lebensweise. An die Stelle des theoretischen Materialismus treten Müdigkeit und praktischer Materialismus, so die Position von Elisabeth Badinter: Leidenschaften und Dramen jeder Art sind gefährlich, sie bringen Zerstörung, Gewalttätigkeit, man darf sich an niemanden und nichts binden, man muß vor allem sich selbst lieben. Auch wenn man davon überzeugt ist, daß die Utopien von damals ihre negativen Seiten hatten: Enthusiasmus, das Gefühl, etwas verändern zu müssen und die Hoffnung etwas verändern zu können, das war und ist doch immer noch besser als die Erstarrung im Narzißmus.

Heute, wo alle Wege der Zerstörung, alle Demagogien

und Utopien ausprobiert sind, bricht die Zeit an für die Liebe und den Neues schaffenden Aufbau, für die christliche schöpferische Verkündigung.

Dabei ist es nötig, die Geister zu unterscheiden und man darf sich nicht davor fürchten, hinter mancher primitiven Vereinfachung in feministischer Form und feministischem Stil einen gewissen positiven, auch für Christen wichtigen Inhalt zu sehen.

Sexualität und Schamgefühl

„Der Mensch – das ist eine historische Idee" – hat Maurice Merleau-Ponty geschrieben. Für das Christentum ist der Mensch immer transzendent, er ist immer mehr als der Mensch, und jede einzelne Person kann sich über alle jene Eigenschaften erheben, die ihr von der Natur und der Geschichte gegeben sind. So veranlaßt die Geschichte (jedesmal einzigartig, sich nic wiederholend) den Menschen, sich selbst als ein Wesen zu verstehen, das auch ein geschlechtliches Wesen ist. Elisabeth Behr-Sigel schreibt: „Von dieser Annahme hängt das geistige und psychische Gleichgewicht der Person ab. In jedem von uns kann man ein paar Stufen des Geschlechts finden: die anatomisch-physiologische, die soziale, die psychologische. Das ist das Material, aus dem die Person sich als Wesen aufbaut. Als Wesen lebt sie in der Welt und ist doch eine einmalige und geheimnisvolle Person.

In den Humanwissenschaften zeigt sich der Unterschied zwischen Mann und Frau, die Tatsache, das eine oder das andere zu sein, als komplizierte und unendlich plastische Realität. Eine Kompliziertheit, eine Plastizität, die ans Spiel grenzt, bei dem man beobachten kann, wie die Kultur gewaltsam in die Welt der Natur eindringt, nicht nur zur Verbesserung ihrer Unvollkommenheiten und zur Veredelung des Instinktes, sondern auch um der Natur einen Sinn, eine Bedeutung, eine Richtung zu geben, die sich über das Phänomen der ‚nackten‘ Natürlichkeit erheben. Es vollzieht sich eine Transzendierung hinter den Gegensatz „weiblich – männlich", der aus dem Tierreich genommen ist."*

In der christlichen Tradition, besonders in der orthodoxen Tradition, wird viel über die tiefste, die geistige Stufe und die Bedeutung der Geschlechtlichkeit und Sexualität gesagt. Diese Stufe ist verborgen und weniger faßbar als die anderen. Sie wird heute auch zerstört, sie wird wie alle anderen negiert und profaniert. Denn wir leben in einer Welt, in der das Geheimnis und das Schamgefühl allmählich verschwinden. Heute wird alles zugänglich, durchsichtig und funktionell. Gerade das Schamgefühl ist ein Gefühl, das davon Zeugnis ablegen kann, daß noch nicht alles zugänglich ist, daß nicht alles abgeschlossen ist, daß die Menschen nicht vollkommen, daß sie von Gott weit entfernt sind. „Als Mann und Frau erschuf er sie", steht in der Genesis. Nach Karl Barth unterstrich Gott eben dadurch, daß er den Menschen als ein durch sein Geschlecht bestimmtes, gekennzeichnetes und begrenztes Wesen schuf, unsere Geschöpflichkeit, unsere Abhängigkeit vom Schöpfer. Eros und Schamgefühl sind miteinander verbunden. In der heutigen Welt verschwindet das Schamgefühl, nicht weil der Eros herrscht, sondern im Gegenteil, weil er zur bloßen Sexualität degeneriert.

---

* Elisabeth Behr-Sigel, L'altérité homme-femme dans le contexte d'une civilisation chrétienne, in: Recherches, Nouvelle série 7, 1986.

Der Eros bei den Kirchenvätern

Der Mensch ist ein Wesen, das ständig transzendiert, über sich hinausgeht, es kann sich nicht selbst gleichbleiben. Die Existentialisten haben diese Wahrheit gut erkannt. Heidegger fand für den Menschen den Begriff der Ek-stase. Als Person ist der Mensch immer ein anderer. Die Kirchenväter haben das Eros genannt. „Die Theologie des christlichen Ostens spricht von einem ekstatischen Sein Gottes, vom Willen des göttlichen Wesens, sich anderen zu schenken. ‚Er ist die Ursache von allem' – heißt es in den areopagitischen Texten – ‚im Überfluß seiner liebenden Güte geht er selbst aus sich heraus ... und gerät durch diese Güte und Liebe in Brand. Und da er losgelöst ist von allem und von allen, kann er sich mit jedem verbinden, gemäß jener übernatürlichen ekstatischen Kraft, die aus ihm selbst hervorgeht.' Die ekstatische Bewegung des göttlichen Wesens ist auch das konstitutive Element der Voraussetzung für die menschliche Person: ‚Weil der durch das Gute bewegte Eros das Göttliche angeregt hat zum Voraussehen, zur Vereinigung mit uns', schreibt der heilige Maxim Confessor ..."* Als Eros existierend bewegt sich das Göttliche, als Liebe, als Objekt der Liebe, zieht es alles an sich, was aufnahmefähig ist für den Eros und die Liebe. Noch genauer gesagt: angeregt und vorangetrieben zu dieser Verbindung werden jene, in deren Herz Eros und Liebe geschickt werden, die fähig sind, sie aufzunehmen: Denn der göttliche Eros regt dadurch an, daß er, dank seiner ihm eigenen Natur, die an sich zieht, die auf seinen Anruf geantwortet haben.

---

* Christos Yannaras, Person und Eros (Göttingen 1982), S. 47.

Wir leben *nicht* in einem leeren und öden Raum. Der ganze Kosmos ist vom Eros göttlicher Energien durchdrungen. (Das Wort „Kosmos" selbst bedeutet „Ausschmückung", bedeutet die *Weise* des Existierens der Realität *als* und nicht *wie* etwas Geschaffenes.) Die Schönheit und die Harmonie des Kosmos rühren nach der Überzeugung der Kirchenväter daher, daß er von den Energien der Heiligen Dreifaltigkeit durchdrungen wird: „Die Heilige Dreifaltigkeit durchdringt vollkommen und ganz die ganze Schöpfung mit ihrer Schönheit." Aber gerade in ihrer erotischen Dimension zeigt sich auch das tragische Wesen der Schönheit, die Unfähigkeit des Menschen, sich auf der Höhe der erotischen Lebensfülle zu halten, die Unerreichbarkeit eines vollkommenen und ewigen Glücks in dieser gefallenen Welt.

Die Schönheit des Kosmos, die Schönheit eines geliebten Menschen werden um so mehr zur Folter und Qual, je mehr der Mensch erkennt, daß er mit ihnen eine ganz erfüllte Verbindung nicht eingehen kann.

Die Kirchenväter faßten jedes Erkennen, Bemühen und Gefühl des Individuums, nur als den „Schatten der Realität" auf. Um die echte, „personale" Schönheit der Welt zu erreichen, ist die Askese nötig, die Absage an den eigenen Willen, das Sich-Öffnen für Gott und die liebende Hingabe. Dann wird die durch das Kreuz erhellte Ek-stase aus dem circulus vitiosus der individuellen Leidenschaft heraustreten und sich mit dem kosmischen, dem liebenden Logos verbinden, sie wird die wahre Schönheit der göttlichen Energien entdecken. Hingabe liegt auch im Zerreißen der nur kausalen – in Ursache-Folge zu entschlüsselnden – Zusammenhänge (der Sprung vom horizontalen Denken zum vertikalen Denken), im Heraustreten aus der Ebene von reinem

Zweckdenken und der Krankheit der Selbstfixierung, im Weg durch die Kreuzigung hindurch zum Wunder der Auferstehung.

Der Eros und die moderne Welt

In der modernen Welt ist die Abnahme von Lebenskraft, das Verschwinden des Eros besonders zu merken. Es bleibt nur noch die Karikatur des großen, Neues schaffenden Eros: Das ist der moderne, mechanisierte Sex, wo der Körper zu einem halbtoten Objekt, zu einer Maschine geworden ist. Es könnte scheinen, daß in unserer Zeit der Sieg des Körpers erreicht ist. Alle Tabus sind vernichtet, es gibt keinerlei Schranken für den reinen „Genuß". Reklame, Kino, Fernsehen singen ununterbrochen das hohe Lob des Körpers. Aber schauen wir aufmerksamer hin: in der Tat hat eben nicht der Körper gesiegt, sondern der Körper als *Idee* der Konsumgesellschaft. Um schön zu sein, muß man ununterbrochen kaufen: Cremes, Parfüm, Salben, Halstücher usw. Man darf den Mantel der Schönheit nicht verachten. Die Schönheit hat endgültig ihre Natürlichkeit verloren. Jetzt ist die Frau schön, aber nicht so wie in klassischer Zeit. Nicht ihr Charme, nicht der Ausdruck ihres Gesichtes und ihrer Augen sind heute wichtig, sondern die „Linie" ihres Körpers, ihre Ausdruckskraft. Der persönliche Aspekt der Schönheit geht verloren. Ihre Seele fliegt davon – und es bleiben die anonyme Linie und die Sexualität.

Das Ideal der heutigen Schönheit ist der/die unterernährte magere Jugendliche, ein fleischloses Wesen, fast ein Skelett. Die Geschlechtsmerkmale sind bei diesem Wesen fast verschwunden. Und das wird (z. B. von Elisabeth Badinter) als ein Fortschritt angesehen. In Wirklichkeit ist das aber nur das Resultat einer allgemeinen Entpersönlichung und Vereinheitlichung. Das Geschlecht und die klassische Liebe zwischen den Geschlechtern stören die heutigen Bürger überhaupt: zu viele Aufregungen, Dramen, Leidenschaften. Es scheint einfacher, auf das Niveau hinabzusteigen, wo bei keinem irgendwelche Forderungen bleiben – weder an sich selbst noch an die anderen. Auf das Niveau der totalen Gleichgültigkeit und des anonymen, verantwortungslosen Sexus.

Das Christentum strebt danach, die Leidenschaft zu erhellen, zu läutern, und zuletzt danach, sich von ihr zu befreien. Es führt den Menschen über die Leidenschaften hinaus, während das völlig wahllose sexuelle Leben nicht einmal bis zur Stufe wirklicher Leidenschaft führt. Im Sumpf seichter Neigungen versunken, bleibt es so auf der Ebene des bloß Physischen, es erhebt sich nicht einmal auf die Ebene des Psychischen, Menschlichen. Von der Stufe des Pneumatischen, des Geistigen gar nicht zu sprechen. Es bleibt nur die unmittelbare Hautempfindung. Das Paradies wird hier gewissermaßen parodiert, genauso wie im Treiben an vielen Nacktbadestränden, wo Eros, Schamgefühl und Geschlecht scheinbar nicht mehr existieren. Solche Verhaltensweisen sind hoffnungslos mißlungene Versuche, die Spannung zwischen transzendenter Welt und unserer Welt, zwischen dem Schöpfer und dem Geschöpf aufzulösen.

Rechtfertigung des Schamgefühls

Es ist interessant, genauer auf den Verlust des Schamgefühls beim heutigen Menschen zu achten. Der russische Philosoph Wladimir Solowjow schreibt, der Mensch sei ein Lebewesen, das sich schämt. Das Schamgefühl zeigt gerade, daß der Mensch ein Wesen ist, das über dem Tier und über der Natur steht. „Im Geschlechtsakt" schreibt Solowjow, „verkörpert sich die Unendlichkeit des Naturprozesses und, wenn sich der Mensch vor diesem Akt schämt, lehnt er eben diese Unendlichkeit als seiner nicht würdig ab. Es ist für den Menschen unwürdig, nur das Mittel oder das Werkzeug des Naturprozesses zu sein, in welchem eine blinde Lebenskraft sich auf Kosten von Einzelwesen verewigt, die geboren werden und zugrunde gehen und ihre Launen aneinander auslassen."*

Durch das Schamgefühl erhebt sich der Mensch über das Tier – aber er kann nur höher oder niedriger als das Tier sein. Der Mensch erkennt durch das Schamgefühl, daß er der objektivierten Welt ringsum nicht gleicht, daß er anders ist, daß er schutzlos ist in dieser Welt der Entfremdung und der Aneignung. Deshalb – so sagt Sartre – zieht der Mensch, nachdem er seine Fremdheit erkannt hat, ein Kleid an. Wenn er bekleidet ist, kann er die anderen genau betrachten; sie ihn aber nicht. Er ist das Subjekt, und sie sind die Objekte. Nur im Paradies brauchte der Mensch keine Kleider, weil es im Paradies keinen machtbezogenen Zugriff einer Subjekt-Objekt-Beziehungen gab. Im Paradies waren sowohl Gott als auch der Mensch und die ganze Natur und alle Tiere ringsum nicht voneinander entfremdet.

* W. Solowjow, Die Rechtfertigung des Guten, in: Gesammelte Werke VIII (Sankt Petersburg 1894), S. 167.

Der Verlust des Schamgefühls der modernen emanzipierten Menschen ist keineswegs ein Zeichen für die Rückkehr ins Paradies. Er ist ein zusätzlicher Beweis dafür, daß der Mensch sich endgültig objektiviert hat, daß er eine Sache unter Sachen geworden ist. Eine Sache aber kann nicht transzendieren.

Der Verlust des Geschlechts – Unifizierung des Lebens

Die orthodoxe Tradition versteht das Geschlecht als Geheimnis, als eine der besonders tiefen Bestimmungen des Personseins. Der russische Philosoph Rosanow wandte sich Anfang dieses Jahrhunderts vehement gegen Tendenzen der Leibfeindlichkeit im Christentum. Er vertrat die These, der Mensch könne auch nicht religiös sein, wenn er a-sexuell wäre. Gegen gnostisch-manichäische Traditionen berief er sich auf die biblisch-jüdische Wertschätzung der Leiblichkeit. Manches, was sich etwa in seinen Aussagen zur Ehe wie eine „Sakralisierung des Fleisches" anhört, ist auf diesem Hintergrund zu verstehen und nichts anderes als der Appell, die Wirklichkeit des Leiblichen und Geschlechtlichen nicht zu verdrängen, sondern sie im Gegenteil ins Zentrum eines christlich verstandenen Lebens hineinzunehmen und sie so zu „vergeistigen".

Nach Rosanows Meinung krankt das historische Christentum an der dualistischen Gegenüberstellung von Geist und Fleisch. Ein kaum bemerkbarer Riß, der durch Europa ging und wodurch Europa auseinanderfiel und in dessen Kluft es sich stürzte. Das Senfkorn einer annullierten Verbindung zwischen Geist und Fleisch hat sich, so kann man sagen, zu dem Baum der westlichen Zivilisation ausgewachsen. Gerade aus dieser Annullierung entstand die Inquisition, die Gegenüberstellung von Klerus und Laien und ähnliches mehr. Vom Standpunkt Rosanows aus hat die moderne westliche Welt das Gefühl für die Durchgeistigung des Lebens ganz verloren. Gerade das hat, wie er schreibt, auch dazu geführt, daß der ganze Westen „sich in der Lebenspraxis vom Christentum trennte". In der Geschichte der westlichen Welt haben die Verabscheuung des Körpers und der Leiblichkeit und die Kastrierung des Geistes zum Zynismus und zum verbrecherischen Leichtsinn in der geschlechtlichen Sphäre geführt.

Was kann dieser Epidemie geschlechtlicher Zügellosigkeit gegenübergestellt werden? Rosanows Antwort: die Rettung aus dem Osten, der die Sinnenhaftigkeit immer akzeptierte, „nicht im philosophischen, sondern im mystisch-religiösen Sinn".

Gerade in der Verbindung von Logos und Fleisch liegt das Geheimnis und der Sinn des Christentums. Und dieses Geheimnis findet seine am meisten erfüllte Verkörperung in der Ehe, in der sich „die Vereinigung von allem in der Welt" verwirklicht. Die Transzendenz des geschlechtlichen Aktes wird dadurch bestätigt, daß er freiwillig geschieht: Er unterscheidet sich durch die Freiheit von anderen „funktionalen Bedürfnissen". Der Mensch wird nach Rosanow zur geschlechtlichen Annäherung nicht gezwungen, sondern angelockt; sie ist Gebot, Poesie, Zauberei. Gerade kraft dieser Freiheit wird in bezug auf das Geschlechtliche der Atem des Geistes Gottes besonders klar spürbar. Nur eine solche Beziehung zum Geschlechtsakt als zu etwas Heiligem, Aufgetragenem, Religiösem kann zur Entstehung einer religiösen Familie führen. Aber die „Vermischung" der Geschlechter und der Gottheit in der Ehe ist nur deshalb möglich, weil die Religion etwas Geschlechtliches in sich hat, denn das Geschlecht seinerseits vergöttlicht sich.*

Ein anderer russischer Denker, Vater Sergej Bulgakow, schrieb, daß das Geschlecht das sei, was den Menschen über die Engel erhebe. Engel haben kein Geschlecht, und außerdem wurde unser Herr Jesus Christus Mensch und nicht ein Engel. Warum? Weil der Engel keine Eva hat, nicht sein Anderes. Er kann folglich nicht in der ganzen Fülle lieben, er ist nicht zur Selbsterkenntis fähig.

Es gab in der russischen Tradition auch entgegengesetzte Tendenzen. Tolstoj, Fedorow, Berdjajew sahen im Geschlecht ein dem Menschen (und Gott) feindliches, dunkles Element, anonym und mit dem Tode verbunden: Von dem Moment an, als der Tod auftrat, begannen die Menschen, sich geschlechtlich zu vereinigen.

Diese zwei unterschiedlichen Sichtweisen gibt es auch in der alten christlichen Tradition. Auf der einen Seite wird die Ehe von der Kirche als ein Sakrament anerkannt, und zentral für alttestamentliche und neutestamentliche biblische Symbolik ist das Bild der ehelichen Vereinigung, des ehelichen Glücks und des Hochzeitsmahles. Auf der anderen Seite finden wir freilich bei Heiligen wie Gregor von Nyssa, Johannes von Damaskus oder Maximos Confessor auch eine etwas geringschätzige Einstellung zum geschlechtlich gebundenen Leben.

---

* Zum Vorwurf an Rosanow kann man vor allem anführen, daß er „den ontologischen Riß" im Geschlecht überhaupt nicht sieht. Als Ergebnis des Sündenfalls entstand eine innere Polarisierung, die Spaltung des geschlechtlichen Bewußtseins. Rosanow sieht die sinnliche Begierde, drückt sich aber zu leicht um dieses Problem herum.

Nach dieser Tradition ist die Ausstattung des Menschen mit einem Geschlecht das Ergebnis des Sündenfalls und der Vertreibung aus dem Paradies. Denn da erschien zusammen mit dem Geschlecht auch Leidenschaft und Sünde. Der Mensch, der den Weg der Vollkommenheit geht, der in Gott lebende Mensch, muß – so der Heilige Maximos Confessor – das vereinigen, was als Folge des Sündenfalls auseinanderfiel: die geschaffene Welt und die ungeschaffene, die sinnlich erfahrbare Welt und die intellektuell verständliche, die Erde und der Himmel, das Paradies und die Welt und schließlich Mann und Frau.

Hier liegt, wie oft im Christentum, eine gewisse Antinomie vor: auf der einen Seite muß man seine Geschöpflichkeit, sein Geschlecht, seine Abhängigkeit vom Schöpfer erkennen. Auf der anderen Seite ist es notwendig, in eschatologischem Offensein und in Erwartung des neuen Äons, des neuen Zeitalters also zu leben, man muß erkennen, daß das Geschlechtliche auch Gefahr in sich trägt. Es ist notwendig, in der Verwirklichung der Prophezeiung von der allgemeinen Einheit, in der Askese des tagtäglichen Sterbens und in der Erwartung der kommenden Welt, wo es „weder Sklave, noch Freie, weder Mann noch Frau" geben wird, zu leben. Wie das konkret sein wird, können wir nicht wissen. Wir leben in einer Welt, die dem Paradies durchaus nicht ähnlich ist. Und deshalb haben wir Läuterung und Reue nötig: Reue – das ist das Zittern der Seele vor den Toren des Paradieses, sagten die Kirchenväter. Der Mensch kann nicht nur mit seinen menschlichen Kräften seine eigene Geschöpflichkeit, seine Geschichtlichkeit und Sündhaftigkeit transzendieren. Das führt unvermeidlich zu Krankheit und Zerstörung.

So hat das Transzendieren des eigenen Geschlechts für die Person, die Vervollkommnung sucht, noch keinen Erfolg gebracht. Dieser Verlust des Geschlechts gehört eher in die Liste der für den europäischen Menschen traurigen Verluste: dazu gehören der Verlust der Heimat, des Körpers, des Feiertages und des Leidens; der Verlust der Wurzeln, der Verlust der Erfahrung, der Verlust der Religion und auch der Verlust des Geschlechts. Der mitteleuropäische Mensch wird so immer weniger Person, immer mehr ein anonymes Neutrum.

So gibt es nur zwei mögliche Einstellungen zur Geschlechtlichkeit: Sie zu erhellen, indem man den Körper mit hohem Geist erfüllt und ihn personalisiert, zum Göttlichen emporhebt. Die Alternative ist: diesen Unterschied, ja „Riß", zwischen Körper und Geist durch die Vernichtung des Schamgefühls, durch die Verachtung der Geschlechtlichkeit, durch seine Verdrängung und sein Vergessen zu vertiefen.

Den ersten Weg gehen die, die in christlicher Ehe leben, die, die wie Mönche leben, und überhaupt alle, die sich um eine richtig verstandene Keuschheit bemühen. Der geistige Sinn der Tugend der Keuschheit, die nichts mit naiver Provinzialität zu tun hat, liegt in dem durch Maria eingelösten Versprechen eines Menschen, der ganz und weise ist, im Bild des vollkommenen und in der Fülle lebenden Menschen also, der ohne innere Zerrissenheit und Spaltung gerade durch das hingabebereite Offensein für Gott ganz in sich ruht.

Der zweite Weg ist der Weg des Verlustes der Einheit der Person, die ewige Disharmonie zwischen Geist und Körper: die Schizophrenie.

Anders sein

Das Neue im Evangelium

Es gibt schon umfangreiche Literatur, die sich auf das Evangelium gründet und davon erzählt, was der Herr für die Frauen getan hat. Für unseren Zusammenhang möchte ich das, was mir wesentlich davon erscheint, wiedergeben.

Ebenso wie Kinder und Sklaven hielt man in der jüdischen und griechisch geprägten Gesellschaft die Frauen für nicht mündig, ihr Zugang zum gesellschaftlichen Leben war stark eingeschränkt. In den Schriften des Philosophen Philon aus Alexandrien, eines Zeitgenossen Jesu, ist die Theorie von der Begrenzung des Tätigkeitsfeldes der Frauen dargelegt: „Städtische Marktplätze, offizielle Gebäude, Gerichtsgebäude, Personenkreise, das Leben auf der Straße mit seinen Gesprächen ... passen für Männer, sowohl in Kriegs- als auch in Friedenszeiten. Dem schwachen Geschlecht bleibt nur das eine: das häusliche Leben und die Arbeit in der Familie."

Der Frau war sowohl das Gebiet religiöser Auslegung wie die Betätigung im Bereich des Gerichtswesens verboten. Vor Gericht war die Zeugenaussage einer Frau ungültig. „Juristisch war die Frau Eigentum des Mannes, und es scheint, ihre Aufgabe bestand nur darin, dem Mann Nachkommen zu gebären. Nichts weist darauf hin, daß die männliche Umgebung von Jesus irgendwie

an der Richtigkeit der bestehenden Lage der Frau zweifelte. Doch Jesus verkündet auf selbstverständliche Weise Wahrheiten. Er spricht mit solch naiver Provokation von dem Augenscheinlichen, daß plötzlich alles problematisch wird ... Christus eröffnet so neue Dinge, daß ich nicht weiß, ob wir auch heute schon ihre ganze Neuartigkeit richtig einschätzen können.*
Welche denn, zum Beispiel? Georgette Blaquière, die zitierte Autorin, antwortet auf diese Frage. Sie tut es, indem sie das Evangelium kommentiert (Lk 20,27–40): „Die Frage der Nachkommenschaft ist für Israel eine Frage des Todes und des Lebens, nicht nur eine materielle, sondern auch eine geistige Frage. Die Fruchtbarkeit der Frau ist ein Zeichen des Segens Gottes. Außerdem wartet die ganze Menschheit auf das Kommen des versprochenen Messias, des Gesalbten Gottes ... Deshalb ist die Frau vor allem ‚Mutter‘, sie ist die Garantie dafür, daß das Volk bestehen wird. Sie trägt die Quelle des Lebens in sich, und deshalb schützt das Gesetz sie. Wir sehen, daß hier eine antipersonale Konzeption von der Frau existierte: Die Frau lebte nur, um dem Mann Kinder zu gebären; darin liegt ihr einziger Wert und die einzige Rechtfertigung ihres Lebens. Es genügt, einen Blick auf die erniedrigte, fast hoffnungslose Lage der unfruchtbaren Frauen zu werfen, wie zum Beispiel Hanna eine war, die künftige Mutter des Samuel".**
Und sie schreibt weiter: „Es scheint, daß sich in dieser Welt das Problem des eigenen Willens und der persönlichen Wahlfreiheit der Frau nicht stellte."***

Und was sagte Jesus, als er dazu gefragt wurde? Von

---

* Georgette Blaquière, La grâce d'être femme (Paris 1981) S. 33.
** Ebd., S. 191.
*** Ebd., S. 49.

den Sadduzäern, die die Auferstehung leugnen, kamen einige zu Jesus und fragten ihn: „Meister, Mose hat uns vorgeschrieben: Wenn ein Mann, der einen Bruder hat, stirbt und eine Frau hinterläßt, ohne Kinder zu haben, dann soll sein Bruder die Frau heiraten und seinem Bruder Nachkommen verschaffen. Nun lebten einmal sieben Brüder. Der erste nahm sich eine Frau, starb aber kinderlos. Da nahm sie der zweite, danach der dritte, und ebenso die anderen bis zum siebten: sie alle hinterließen keine Kinder, als sie starben. Schließlich starb auch die Frau. Wessen wird sie nun bei der Auferstehung sein? Alle sieben haben sie doch zur Frau gehabt." Da sagte Jesus zu ihnen: „Nur in dieser Welt heiraten die Menschen. Die aber, die Gott für würdig hält, an jener Welt und an der Auferstehung von den Toten teilzuhaben, werden dann nicht mehr heiraten. Sie können auch nicht mehr sterben, weil sie den Engeln gleich und durch die Auferstehung zu Söhnen Gottes geworden sind. Daß aber die Toten auferstehen, hat schon Mose in der Geschichte vom Dornbusch angedeutet, in der er den Herrn den Gott Abrahams, den Gott Isaaks und den Gott Jakobs nennt. Er ist doch kein Gott von Toten, sondern von Lebenden; denn für ihn sind alle lebendig" (Lk 20, 27–39).

In der Welt der Auferstehung, d. h. in der Welt Gottes, heiratet man nicht. So sagt es der Text. Mit anderen Worten: Es gibt keine Ehen mehr, es gibt keine Geburten mehr. Heirat und Geburt gehören zu einem Zustand, der vorübergeht, der an diese Welt gebunden ist.

Jesus hat uns hier erstaunliche Horizonte eröffnet, die für alle gelten, besonders befreiend aber werden sie für die Frau. Das Personsein der Frau fällt nicht mehr mit der Möglichkeit ihrer Gebärfähigkeit und auch nicht mehr mit ihrem Geschlecht zusammen. Die Frau existiert selbst für sich, von Gott und für Gott geboren. Und ihre Zukunft im Reiche Gottes ist eine Zukunft der Freiheit und eines Lebens, frei von der Verbindung mit dem Mann, gegründet auf Gleichheit und nicht auf Abhängigkeit *.

Diese Gleichheit ist mit noch größerer Schärfe von Paulus formuliert worden: vor dem Erscheinen des Glaubens waren wir Sklaven des Gesetzes, aber jetzt können wir nicht mehr seine Sklaven sein: „Ihr seid alle durch den Glauben Söhne Gottes in Christus Jesus. Denn ihr alle, die ihr auf Christus getauft seid, habt Christus (als Gewand) angelegt. Es gibt nicht mehr Juden und Griechen, nicht Sklaven und Freie, nicht Mann und Frau: denn ihr alle seid ‚einer' in Christus Jesus" (Gal 3,26–28).

Mutterschaft: Schicksal und Freiheit

„Als er das sagte, rief eine Frau aus der Menge ihm zu: Selig die Frau, deren Leib dich getragen und deren Brust dich genährt hat. Er aber erwiderte: Selig sind vielmehr die, die das Wort Gottes hören und es befolgen" (Lk 11,27–28)**.

Das Wichtigste ist die freie Wahl, die freie Annahme dessen, was Gott uns gibt. Die Mutterschaft war lange das Schicksal der Frau und ist erst heute ihre freie Wahl. Aber bis heute gibt es Christen, die glauben, daß

---

* vgl.Ebd., S. 51.
** Dieser Abschnitt wird während des orthodoxen Gottesdienstes oft zitiert. In der orthodoxen Tradition wird besondere Aufmerksamkeit dem „Ja", dem „Fiat" der Gottesmutter geschenkt, ihrer geistigen Zustimmung, ihrer geistigen Mutterschaft, der dann auch die biologische Mutterschaft folgt.

Mutterschaft eine „naturrechtliche Gegebenheit" und somit auch eine von der Natur verhängte Pflicht sei, daß die Frau unbedingt gebären müsse; je mehr Kinder, desto stolzer könne man darauf sein. Es gibt andere, die ich in der westlichen christlichen Welt traf, die von dem Gedanken gequält werden, daß sie noch kein Kind haben oder daß sie nur ein Kind haben – sie glauben, sie hätten eine „Norm" nicht erfüllt. Und es gibt diejenigen, die mit solcher „Norm" auf Frauen psychischen Druck ausüben.

Es ist aber nicht christlich, sich auf solch ein „Naturrecht" festzulegen: Es ist ein Fehlschluß, von der biologischen Fähigkeit zur Mutterschaft auf ein „Müssen" zu schließen. Im Alten Testament galt die Polygamie als normal, und bis heute ist sie für den Islam selbstverständlich, auch in Tibet galt sie als normal. Eine „reine Natur", frei von der Erbsünde gibt es nicht. Eine reine Vorstellung von der Natur, frei von kulturellen Deutungen und Horizonten, gibt es ebenso wenig. Außerdem – so heißt es in einem orthodoxen Gebet – „besiegt der Glaube die Ordnung der Natur."

Aber auch wenn wir das Problem auf dem Niveau der nicht geistigen, nicht personalen, sondern relativen, kulturell-historischen Sichtweise betrachten, werden wir sehen, wie sich der Blick auf die Geburtenzahl verändert hat. Die mittlere Lebensdauer betrug bei den Römern 25 Jahre. Im 18. Jahrhundert waren es 40 Jahre, heute sind es über 70 Jahre. Früher brauchte die Menschheit viele Kinder, um sich zu erhalten. Heute ist unser Planet überbevölkert. Früher starben die Frauen oft in dem Alter, in dem sie keine Kinder mehr bekommen konnten, sie starben nach einem kurzen Zusammenleben mit dem Mann, mit den Kindern, den

Tieren, den Sachen. Heute können Frauen (dank empfängnisverhütender Mittel, dank ihrer ökonomischen Unabhängigkeit, dank der Entwicklung ihres Selbstbewußtseins) selbst ihr Schicksal wählen. Darüber kann man sich nur freuen. Auch im Alten Testament galt dies: Das Kind war immer ein Wunder, immer ein Geschenk Gottes, immer ein Zeichen dafür, daß das Gesetz übertroffen wurde und die Gnade wirkt.

Nur die frei gewählte Mutterschaft kann Frucht bringen. Das gilt für die physische Dimension ebenso wie für die geistige.

Die Fülle der Gnade wird in der Kirche allen zuteil: den gebildeten Neubekehrten und den „unwissenden" alten Frauen, denen, die gebären, und denen, die nicht geboren haben, wir alle sind zu „genialer Heiligkeit" (Simone Weil) aufgerufen: Das Heilige ist immer unerwartet, persönlich und nicht objektivierbar. Man muß überall heilig, d. h. vollkommene Person nach dem Entwurf Gottes sein – in allen Formen des Dienstes in der Kirche – in der Verkündigung des Willens Gottes, in der Liebe, im Bereich der Lehre, im Schweigen, im Muttersein und in jedem beliebigen anderen Sein – überall muß man „sich selbst" sein.

Die indische Weisheitslehre der Mahābhārata sagt: Es ist besser, seine eigene kleine Pflicht zu erfüllen als eine fremde große. So ist es in der Tat: „Geht durch enge Tore", seid lebendig und wahr in allem.

Bei uns in der Sowjetunion sinkt die Geburtenzahl katastrophal. In den russischen Familien gibt es normalerweise ein Kind, und jede sechste Familie hat überhaupt kein Kind. So die offizielle Statistik. Der sowjetische Staat setzt sich für die Erhöhung der Geburtenzahl ein – schon vor zwei Jahren konnten in der sowjetischen Armee nicht alle Plätze besetzt werden. Das Land braucht Arbeiter und Soldaten. Ja, und schließlich droht da noch die Gefahr einer neuen „Tatareninvasion" – so die Propaganda. In den südlichen islamischen Republiken des sowjetischen Reiches gibt es große Familien. Die Geburtenzahl sinkt dort nicht. Aber dem Staat gelingt nichts. Jede Propaganda von seiner Seite bringt nur entgegengesetzte Resultate.

Nur die Kirche konnte der Frau in Rußland den echten Sinn der Mutterschaft erschließen: Die geistige Mutterschaft soll der physischen Mutterschaft vorausgehen. In der Sowjetunion zeigt sich, wie die geistige die physische Mutterschaft bestimmt. In Rußland sind vor allem die christlichen Familien fruchtbar: die Familien der Priester, die Familien der Neubekehrten, die Familien der Baptisten. Ungeachtet der schweren Lebensbedingungen und der Armut gibt es hier viele Kinder. Oft werden zum Beispiel Frauen, die Prostituierte waren und dieses Dasein frei gewählt hatten, von dem Tag an, an dem sie zur Orthodoxie übergetreten sind, gute Ehefrauen und Mütter von vielen Kindern. Dem voraus geht aber die Fähigkeit zur geistigen Mutterschaft. In diesen Frauen wird die kühne Freigebigkeit der Maria Magdalena erweckt, die Freigebigkeit jener Frau, die einst eine Dirne war und die das kostbare Salböl auf das Haupt Jesu ausgoß und seine Füße mit ihren Tränen benetzte. Für die Männer ist dieser Wahnsinn, diese Verschwendung unverständlich. „Man hätte das Öl teuer verkaufen und das Geld den Armen geben können." Doch Jesus antwortete: „Überall auf der Welt, wo dieses Evangelium verkündet wird, wird man sich an sie erinnern und erzählen, was sie getan hat" (Mt 26,6–13). So wird auch heute in dem von Teufeln und Menschen gequälten Rußland von Maria Magdalena erzählt, und es wird mit lauter Stimme erzählt, von den Großtaten des Glaubens, der sich vor keinerlei Lebensbedingungen beugt.

Wie also bringt die Kirche die Frauen (natürlich nur diejenigen, die zu dieser Aufgabe auserwählt sind) dazu, den Weg des Ehestandes und der Mutterschaft zu gehen? Durch die Leichtigkeit des Weges? – Eine solche Antwort überzeugt nicht. Es ist offenkundig, daß ein Kind zu haben für die sowjetische Frau fast immer bedeutet, sich selbst aufzugeben, nicht nur auf die Möglichkeit zu verzichten, sich auszuruhen, sondern auch darauf, schöpferisch zu wachsen, sich zu entwickeln, zu lesen, ins Theater und ins Kino zu gehen, interessante Gespräche mit Freunden zu führen. Und das ist für die russische Frau, die heute aufgrund ihrer Ausbildung, ihres Zugangs zu Wissenschaften und Kultur, die gebildetste Frau auf der Welt ist, ungewöhnlich schwer. Der Hinweis auf eine „Naturgemäßheit" und auf eine „Norm" reicht da nicht aus. Und solch eine Einstellung gab es in der orthodoxen Kirche auch nie. Sie gab nie allgemeine Rezepte und glaubte auch nie, daß kinderlose Ehen unvollkommen sind. Sie geht auf die jeweilige Situation der Frau, auf die jeweilige Person ein. Gewöhnlich wird das Gespräch über die Ehe mit dem geistigen Vater geführt, der konkret einen Rat gibt. Er zieht alles in Betracht: die Einzigartigkeit des Weges seines „Kindes", die äußeren Bedingungen, den gegebenen zeitlichen Moment, ob es vom geistigen Standpunkt aus gesehen nützlich oder nicht nützlich sein wird.

Und es ist interessant, daß durchaus nicht jede Frau den Segen für die Ehe erhält. Nicht nur deshalb, weil die erfahrenen Starzen in mancher schon die zukünftige Braut Christi sehen, sondern auch deshalb, weil eben diese Starzen sehr gut wissen, was die Ehe bedeutet. Selbst oft unverheiratet, sehen sie aber doch sehr genau alle Hindernisse, Versuchungen, Klippen und Gefahren der Ehe. Sie verstehen sehr gut, warum heute in der Sowjetunion jede zweite Ehe auseinanderbricht. In der Ehe gibt es nichts Gewöhnliches, Mittelmäßiges, allzu Einfaches. „Es ist heute schwieriger, im Ehestand zu leben als im Kloster", sagen unsere Starzen.

Wodurch gewinnt die Kirche die Frauen dann dennoch für die Ehe?

Sie gewinnt sie eben gerade durch die „faktische Unmöglichkeit der Ehe" (Madame de Staël) und durch das Wunder der ehelichen Liebe (nach dem Bild der Heiligen Dreifaltigkeit – jeder lebt in jedem, und trotzdem ist jeder frei und absolut). Die Starzen sind nicht bereit, die Ehe zu uns und zu unseren Schwächen hinab zu senken, sondern sie erheben uns zur Höhe des christlichen Ideals. Ohne diese Höhe sind sogar die einfachsten Dinge unmöglich: Selbst das physische Zusammensein verwandelt sich dann schnell in Langeweile, in Abneigung, in Haß. Gott wurde Mensch, damit der Mensch Gott werde, sich ihm angleicht. Anders kann man nicht leben.

Ich behalte es im Gedächtnis und werde es nie vergessen, wie im Petschorer Kloster eine junge Frau den großen Starez G. um seinen Segen für die Ehe bat. Und wie er ihr zur Antwort gab: „Wenn du einen Heiligen gebären kannst, dann heirate; wenn du das nicht kannst, heirate nicht."

Man kann sagen, daß das eine pädagogische Antwort war. Mutterschaft muß sich darauf richten, von Anfang an den vollkommenen Menschen zu wollen. Darin transzendiert die Mutterschaft, die reine physische und geschlechtsspezifische Dimension. Das hohe Ideal der

Heiligkeit muß immer vor dem inneren Blick des Christen sein, obwohl es auch klar ist, daß wir sündig sind, unwürdig und weit entfernt von der Heiligkeit.

Sogar die Mutter Gottes hat in ihrer Demut geantwortet, daß sie den Gottessohn nicht gebären könne. Das ist der ewige Gang des Christentums – durch die letzte Tiefe der Reue zu den Höhen der Heiligkeit. Aber wer weiß, ob wir es aufrichtig wünschen, uns auf diesen Weg der Reue und der Heiligkeit zu begeben? Das wissen vor allem die, die die Geister unterscheiden können: die Leuchten unserer russischen Klöster – die segensreich wirkenden Starzen. Die Starzen schauen die Tiefe des menschlichen Herzens, ihnen tut sich das Geheimnis unserer Person auf.

Daß es in Rußland, in seiner gequälten und schweigenden Kirche echte geistige Väter gibt, weise Lehrmeister, die auf der Höhe der Zeit und auf dem Niveau ihrer großen Aufgabe stehen, ist ein Zeichen der besonderen Zuneigung Gottes. Die heutigen Priester sind mit dem Volk verbunden, mit seinen Leiden, mit seinen fast unlösbaren Problemen. Sie sehen, wozu die moderne Frau fähig ist, die in unserem Land eine besondere Rolle spielt – sie muß erwachsener und stärker sein als der Mann, und sie wird in diesem Prozeß sie selbst. Eine besondere Rolle spielen auch die „Mütterchen" (= die „Matuschki"), die Frauen der orthodoxen Geistlichen, auf denen ein überaus großer Teil der Arbeit liegt. Es gibt in Rußland nicht nur Starzen, sondern auch Starzinnen, die geistig führen und lehren.*

---

* Vgl. dazu auch Igoumen Nikon, Briefe eines russischen Starzen an seine geistlichen Kinder. Mit einem Vorwort von Tatjana Goritschewa (Freiburg i. Br. 1988).

Aufgerufen zum Personsein

In der Geschichte des Christentums war die Einstellung zur Frau nicht immer weise und geistig. Es genügt, sich an einige Aussprüche der Kirchenväter zu erinnern. Der heilige Augustinus sagte z. B.: „Die Frau ist ein Tier, das weder fest noch beständig ist." Oder Tertullian: „Die Frau ist das Tor zur Hölle." Oder der heilige Thomas von Aquin: „Die Frau ist ein zufälliges Wesen, ein mißlungener Mann." Und dennoch finden wir gerade bei den Kirchenvätern den Schlüssel zum Verständnis dessen, was die Frau ist, was der Mensch überhaupt ist. In der Genesis heißt es: „Gott schuf also den Menschen als sein Abbild: als Abbild Gottes schuf er ihn. Als Mann und Frau schuf er sie" (Gen 1,27).

Aber was bedeutet denn Abbild?

Die Kirchenväter geben keine eindeutig klare Definition. Als Bild Gottes ist der Mensch ein Geheimnis, schreibt der heilige Gregor von Nyssa. Als Bild Gottes ist der Mensch in seiner Transzendenz tatsächlich absolut unerschöpflich. Seine wesentliche Besonderheit ist die Fähigkeit des Transzendierens, die Teilnahme am Leben Gottes: „Der Abgrund zieht den Abgrund an." Alle, sowohl Männer als auch Frauen, sollen dieses Gottesbild in sich verwirklichen, sollen Person werden. Die Kirchenväter sprachen von der Person als Hypostase – in dem Sinn, wie in der Theologie die Dreifaltigkeit verstanden wird: zwischen Vater, Sohn und Heiligem Geist existiert sowohl die absolute Einheit als auch die absolute Verschiedenheit. Die Logik der gefallenen Welt teilt entweder, oder sie ist eine Mischung. Die Logik der Heiligen Dreieinigkeit ist das Gesetz des Unteilbaren und Unvermischbaren. Im gegebenen Fall ist die Dreieinig-

Mann und Frau. Der heilige Gregor (der Theologe) formuliert diesen Standpunkt so: ‚Ein Schöpfer für Mann und Frau. Für alle: ein Lehm, ein Bild, ein Tod, eine Auferstehung."* Mann und Frau sind gleich, weil beide geschaffen sind nach dem Bild und Ebenbild Gottes. Beide sind aufgerufen, Person zu sein**.

Die Frau ist doppelt Person

Der Herr weist den Frauen im Evangelium einen besonderen Platz zu:

Im Unterschied zu den pharisäischen Rabbinern, deren Schüler ausschließlich männlich waren, begleiteten den Herrn immer auch Frauen, und das konnte nicht unbemerkt bleiben. In den letzten tragischen Minuten seines Lebens, in seiner Passion und auf Golgota, hatten ihn die Männer verlassen: „Da verließen ihn alle Jünger und flohen" (Mk 26, 56). Bei ihm blieben nur die Frauen.

Jesus erkannte für die Frauen das Recht auf religiöses Wissen an, ein Recht, das ihnen von den Rabbinern abgesprochen wurde. Jesus war damit einverstanden, daß Maria sich zu seinen Füßen setzte und seinen Worten lauschte. „Zu Füßen sitzen" bedeutet: Schüler sein. Der Apostel Paulus saß zu Füßen des Gamaliel (Apg 22, 3). Von vielem anderem könnte man noch erzählen: Jesus spricht mit Frauen, die von allen abgelehnt werden, obwohl schon das Gespräch mit einer anständigen Frau Erstaunen hervorruft. Als Jesus mit der samaritischen Frau

---

* E. Behr-Sigel, a. a. O., S. 400.
** Die Jungfräulichkeit der Mutter Gottes ist auch ein Zeichen des Sieges der Person über die Gattung Mensch. Sie brauchte nicht in übliche, eheliche Beziehungen zu treten, um den Sohn Gottes zu gebären.

keit eine „metamathematische Zahl", so der heilige Basilius der Große. Da die Dreieinigkeit immer mit der Einheit identisch ist, bedeutet sie die unendliche (ewige) Überwindung des Gegensatzes – nicht durch das Auflösen im Unpersönlichen, sondern in der Fülle der Liebe. Jede Person der Dreieinigkeit bringt in ihrer einzigartigen Weise das einheitliche Wesen hervor, tritt in Verbindung mit den anderen Personen, um die „unbewegbare Bewegung der Liebe" zu bilden, von der der heilige Maximos Confessor sprach.

Die Dreinigkeit ist die Einheit, die das Andere in sich aufgenommen hat.

Echte Liebe entspricht der Drei: wo zwischen zwei Liebenden immer ein dritter ist: Gott.

Das Individuum „berechnen" wir aufgrund seiner äußeren politischen, ökonomischen, biologischen Beziehungen. Die Person aber eröffnet sich durch die wichtigsten, die ernsthaftesten Verbindungen – die Beziehungen zum Schöpferischen und zur Liebe. Die Liebe ist der sicherste Weg, um Person zu sein und Gott ähnlich zu werden. Ist doch der christliche Gott ein persönlicher Gott*. „In dieser geistigen Perspektive sprachen die Kirchenväter vor allem von der Einheitlichkeit von

---

* Christos Yannaras macht interessante Aussagen: „Der Mensch ist ein Wesen, das in Verbindung (zu anderen) tritt. Der Mensch ist eine Person. Person (prósōpon) bedeutet, etymologisch, aber auch real, daß sein Gesicht zur Seite von jemand oder von etwas hingewandt ist (ōpsé – prós), daß er sich vor etwas oder vor jemandem befindet.

Die Präposition „pros" und die Wurzel „ōps" (oder der Genitiv ōpós) die „Blick, Auge, Erscheinung" bedeuten, bilden das Wort prōsōpon: „Persönlichkeit/Person". Im Russischen wird das Wort „Person" von dem Wort „Gesicht" abgeleitet. „Bei einem Heiligen ist der ganze Körper (das) Gesicht, und das ganze Gesicht sind die Augen", schrieb der heilige Maxim Welikij. Das heißt, der Heilige ist ein Mensch, der vor allem in Beziehung zu einem anderen, in der Kommunikation existiert.

keit eine „metamathematische Zahl", so der heilige Basilius der Große. Da die Dreieinigkeit immer mit der Einheit identisch ist, bedeutet sie die unendliche (ewige) Überwindung des Gegensatzes – nicht durch das Auflösen im Unpersönlichen, sondern in der Fülle der Liebe. Jede Person der Dreieinigkeit bringt in ihrer einzigartigen Weise das einheitliche Wesen hervor, tritt in Verbindung mit den anderen Personen, um die „unbewegbare Bewegung der Liebe" zu bilden, von der der heilige Maximos Confessor sprach.

Die Dreinigkeit ist die Einheit, die das Andere in sich aufgenommen hat.

Echte Liebe entspricht der Drei: wo zwischen zwei Liebenden immer ein dritter ist: Gott.

Das Individuum „berechnen" wir aufgrund seiner äußeren politischen, ökonomischen, biologischen Beziehungen. Die Person aber eröffnet sich durch die wichtigsten, die ernsthaftesten Verbindungen – die Beziehungen zum Schöpferischen und zur Liebe. Die Liebe ist der sicherste Weg, um Person zu sein und Gott ähnlich zu werden. Ist doch der christliche Gott ein persönlicher Gott*. „In dieser geistigen Perspektive sprachen die Kirchenväter vor allem von der Einheitlichkeit von

---

* Christos Yannaras macht interessante Aussagen: „Der Mensch ist ein Wesen, das in Verbindung (zu anderen) tritt. Der Mensch ist eine Person. Person (prósōpon) bedeutet, etymologisch, aber auch real, daß sein Gesicht zur Seite von jemand oder von etwas hingewandt ist (ōpsé – prós), daß er sich vor etwas oder vor jemandem befindet.

Die Präposition „pros" und die Wurzel „ōps" (oder der Genitiv ōpós) die „Blick, Auge, Erscheinung" bedeuten, bilden das Wort prōsōpon: „Persönlichkeit/Person". Im Russischen wird das Wort „Person" von dem Wort „Gesicht" abgeleitet. „Bei einem Heiligen ist der ganze Körper (das) Gesicht, und das ganze Gesicht sind die Augen", schrieb der heilige Maxim Welikij. Das heißt, der Heilige ist ein Mensch, der vor allem in Beziehung zu einem anderen, in der Kommunikation existiert.

Mann und Frau. Der heilige Gregor (der Theologe) formuliert diesen Standpunkt so: ‚Ein Schöpfer für Mann und Frau. Für alle: ein Lehm, ein Bild, ein Tod, eine Auferstehung."* Mann und Frau sind gleich, weil beide geschaffen sind nach dem Bild und Ebenbild Gottes. Beide sind aufgerufen, Person zu sein**.

Die Frau ist doppelt Person

Der Herr weist den Frauen im Evangelium einen besonderen Platz zu:

Im Unterschied zu den pharisäischen Rabbinern, deren Schüler ausschließlich männlich waren, begleiteten den Herrn immer auch Frauen, und das konnte nicht unbemerkt bleiben. In den letzten tragischen Minuten seines Lebens, in seiner Passion und auf Golgota, hatten ihn die Männer verlassen: „Da verließen ihn alle Jünger und flohen" (Mk 26, 56). Bei ihm blieben nur die Frauen.

Jesus erkannte für die Frauen das Recht auf religiöses Wissen an, ein Recht, das ihnen von den Rabbinern abgesprochen wurde. Jesus war damit einverstanden, daß Maria sich zu seinen Füßen setzte und seinen Worten lauschte. „Zu Füßen sitzen" bedeutet: Schüler sein. Der Apostel Paulus saß zu Füßen des Gamaliel (Apg 22, 3). Von vielem anderem könnte man noch erzählen: Jesus spricht mit Frauen, die von allen abgelehnt werden, obwohl schon das Gespräch mit einer anständigen Frau Erstaunen hervorruft. Als Jesus mit der samaritischen Frau

---

* E. Behr-Sigel, a. a. O., S. 400.
** Die Jungfräulichkeit der Mutter Gottes ist auch ein Zeichen des Sieges der Person über die Gattung Mensch. Sie brauchte nicht in übliche, eheliche Beziehungen zu treten, um den Sohn Gottes zu gebären.

am Jakobsbrunnen zusammentraf, wunderten sich seine Jünger, daß er mit einer Frau sprach (Joh 4,27).

Die französische Theologin France Quéré weist darauf hin, daß es unter den Feinden Jesu keine Frauen gab: „Jesu Feinde sind immer Männer. Die, die ihm nach dem Leben trachten, sind immer Männer, Regenten, Priester, Schriftgelehrte, der Magistrat, Soldaten."*

France Quéré macht noch eine interessante Aussage: Gerade in der Frau ist das Prinzip der Persönlichkeit ausgedrückt. Gerade die Frau tritt im Evangelium als Person hervor. Die Frauen schließen sich nie irgendeiner Gruppierung an. Sie beteiligen sich nicht konspirativ. Sie stehen ganz allein da, jenes kleine Grüppchen ausgenommen, das mit Jesus mitzieht und das, als es Golgota erreicht hat, seine ganze Schwäche offenbart. Diese Frauen sind nicht fähig, sich institutionell zu organisieren, sie bilden keine Korporation. Die Frau, die beim Ehebruch ertappt wird, steht allein gelassen vor den Pharisäern, blutend verliert sie sich in der Menge, eine Dirne in den Augen der erzürnten Schüler, eine Frau, verloren unter den Priestern der Synagoge ... Aber nicht nur das Unglück ist der Grund ihrer Isoliertheit. Ihr Glaube stößt sie von einer Gruppe oder einem Kollektiv ab und verwandelt sie in eine Prophetin."**

Es ist klar, daß ich, wenn ich hier von der Fragwürdigkeit des Kollektivs spreche, nicht die Einsamkeit predigen will. Die Kirche ist weder ein Zirkel noch eine Partei, noch eine Gruppe. In der Kirche gilt gerade die einmalige, konkrete Person mehr als die ganze Welt – die Engel freuen sich über einen einzigen reuigen Sünder mehr als über 99 Gerechte, die der Reue nicht bedürfen.

* France Quéré, Les femmes de l'Évangile (Paris 1982), S. 10.
** Ebd.

sind sowohl Simone de Beauvoir einverstanden als auch der jüdische Philosoph Emmanuel Levinas, die Feministin Elisabeth Badinter und die orthodoxe Theologin Elisabeth Behr-Sigel. Und viele andere sonst gegensätzliche Positionen sind sich in dieser Hinsicht einig.

In der Geschichte der menschlichen Zivilisation war der Mann per se auch der Ausdruck für das schlechthin Menschliche. Die Frau hingegen war einfach das „Negativ" des Menschen, das Andere des Mannes, stellte Simone de Beauvoir fest. „Den Mann kann man ohne Frau denken, es ist jedoch unmöglich, sie ohne Mann zu denken", so M. Benda. Man kann die Zahl solcher Zitate noch vermehren. Die Frau wurde oft als Ergänzung zum Mann verstanden, und nur als solche. Daher kommen die neurotischen Fixierungen und die hysterische Begeisterung für Ambivalenzen, daher kommen die Extreme: Bald erscheint die Frau im europäischen Bewußtsein als schicksalhafte Carmen, als Mona Lisa, als Pikdame: das ist die sadistische Variante. Bald erscheint sie im Gegenteil, als Ophelia: das ist die masochistische Variante. Bald erhebt man sie auf den Thron, bald behandelt man sie geringschätzig als Sklavin: Fee oder Hexe, Jungfrau oder Hure, sündige Eva oder reine Maria. Die Frau ruft bald Entsetzen hervor, bald Ehrfurcht, sie entzückt und erschreckt. Sie ist der „dunkle Kontinent" (Freud). In fast allen Kulturen gibt es Aussprüche, die frauenfeindliche Einstellungen belegen oder in denen sich die Angst vor der Frau ausdrückt*.

Viele (Feministinnen und Nicht-Feministinnen) stellen sich mit Recht die Frage: Woher kommt diese ewige Ambivalenz der Gefühle in der Einstellung zur Frau?

---

* Gabrielle Robin, Les sources inconscientes de la misogynie (Paris 1977).

am Jakobsbrunnen zusammentraf, wunderten sich seine Jünger, daß er mit einer Frau sprach (Joh 4,27).

Die französische Theologin France Quéré weist darauf hin, daß es unter den Feinden Jesu keine Frauen gab: „Jesu Feinde sind immer Männer. Die, die ihm nach dem Leben trachten, sind immer Männer, Regenten, Priester, Schriftgelehrte, der Magistrat, Soldaten."*

France Quéré macht noch eine interessante Aussage: Gerade in der Frau ist das Prinzip der Persönlichkeit ausgedrückt. Gerade die Frau tritt im Evangelium als Person hervor. Die Frauen schließen sich nie irgendeiner Gruppierung an. Sie beteiligen sich nicht konspirativ. Sie stehen ganz allein da, jenes kleine Grüppchen ausgenommen, das mit Jesus mitzieht und das, als es Golgota erreicht hat, seine ganze Schwäche offenbart. Diese Frauen sind nicht fähig, sich institutionell zu organisieren, sie bilden keine Korporation. Die Frau, die beim Ehebruch ertappt wird, steht allein gelassen vor den Pharisäern, blutend verliert sie sich in der Menge, eine Dirne in den Augen der erzürnten Schüler, eine Frau, verloren unter den Priestern der Synagoge ... Aber nicht nur das Unglück ist der Grund ihrer Isoliertheit. Ihr Glaube stößt sie von einer Gruppe oder einem Kollektiv ab und verwandelt sie in eine Prophetin."**

Es ist klar, daß ich, wenn ich hier von der Fragwürdigkeit des Kollektivs spreche, nicht die Einsamkeit predigen will. Die Kirche ist weder ein Zirkel noch eine Partei, noch eine Gruppe. In der Kirche gilt gerade die einmalige, konkrete Person mehr als die ganze Welt – die Engel freuen sich über einen einzigen reuigen Sünder mehr als über 99 Gerechte, die der Reue nicht bedürfen.

* France Quéré, Les femmes de l'Évangile (Paris 1982), S. 10.
** Ebd.

Im Kollektiv trägt der Mensch eine Maske und spielt eine Rolle. In der Kirche bleibt er er selbst und ist gerade dabei verbunden mit allem und allen. Je mehr der Mensch selbständig und einzigartig wird, desto mehr ist er Person, desto mehr geht er ein in den Leib der Kirche. Kirche in diesem Sinn ist viel mehr als eine Institution, sie ist eine universale, auch kosmische Wirklichkeit.

In dieser Welt wählt sich auch heute jeder eine weltliche Hierarchie aus, um in ihr die oberste Stufe zu erklimmen. Die Hierarchie des Bürgers besteht im Geld, die Hierarchie des Aristokraten besteht in der Abstammung, die des Handwerkers in einer bestimmten Handfertigkeit. Wenn man gar nichts in sich trägt, dann werden oft Hierarchien konstituierende Begriffe wirksam wie Rasse, Volk, Land, Kontinent. Je talentloser der Mensch ist, desto weniger personal ist die von ihm bevorzugte Wertordnung, die „garantiert", zusammen mit der Gruppe, dem Kreis, der gesellschaftlichen Schicht *über* den anderen zu stehen. Für viele dient heute auch die Kirche als ein solches „Kollektiv", wo man nur auf der psychischen Ebene seine Einsamkeit vergessen kann, wo man die Rollen verteilt und Macht ausübt, mit der man sich über andere Menschen stellt. Die Kirche ist als eine im Bereich des Sozialen angesiedelte Institution immer in der Gefahr, in diesem Sinn mißbraucht zu werden. Aber zur Kirche, die in ihrer kosmischen Dimension alle Menschen umfaßt, gehört es zentral, daß die Menschen, die mit ihr verbunden sind, auch aus eigener Kraft leben können. Das sind Menschen, die sich prinzipiell nicht in „das Man" verwandeln können. Das „Man" und die Macht werden aber nicht selten in ihr gesucht.

Die Frauen im Evangelium sind nicht „objektiviert", sie sind nicht in den Kontext des männlichen Kollektivs, der männlichen Zivilisation integriert: Von ihrer sozialen Lage aus gesehen, sind sie nichts. Sie haben keine Ansprüche, spielen keine Rollen, müssen auch nicht lügen. Eben das bringt sie Gott näher. Mögen die „Herrscher" ihre Völker unterdrücken und ihre Macht mißbrauchen. „Wer bei euch groß sein will, der soll euer Diener sein", hat der Herr gesagt. Und er hat selbst ein Beispiel gegeben: er ist nicht gekommen, „um sich dienen zu lassen, sondern um zu dienen" (Mt 20,25–28).

Das Anderssein der Frau

Wenn das Wichtigste im Menschen somit ist, daß er oder sie ein Bild Gottes ist, wodurch unterscheidet sich dann die Frau vom Mann?

Heute erkennen alle die Gleichheit zwischen Mann und Frau an, aber es besteht auch Übereinstimmung darin, daß das eine Gleichheit in der Verschiedenheit ist. Die häufigste unter den klugen Antworten, die den Geschlechtsunterschied nicht auf bestimmte Typen eines psychologischen Reduktionismus zurückführen (und etwa behaupten, die Frau sei ein mehr chaotisches, impulsives Wesen und daher weniger geeignet für eine rationale Tätigkeit und dergleichen mehr), ist die Antwort, daß die Frau das Andere ist*. Mit dieser Charakteristik

---

* Das Thema „Das Andere" wurde eines der Hauptthemen im westlichen philosophischen Denken des 20. Jahrhunderts. Über diese Thematik sprachen Martin Buber, Kojew, Foucault, Derrida, Lacan ... Man kann dieses Interesse für das „andere" erklären, wenn man das Buch von Tzvetan Todorov, „Die Eroberung von Amerika. Das Problem des Anderen" gelesen hat, wo Todorov Dokumente untersucht und zeigt, daß der Mord von 25 Millionen amerikanischen Ureinwohnern mit der Methode erklärt werden kann, dank deren die Europäer „das andere" verstehen. In dieser grundsätzlichen Problematik „des Anderen" ist auch das Verständnis der Frau einzuordnen, die in vielen Kulturen – und auch in unserer – als die andere gesehen wird.

sind sowohl Simone de Beauvoir einverstanden als auch der jüdische Philosoph Emmanuel Levinas, die Feministin Elisabeth Badinter und die orthodoxe Theologin Elisabeth Behr-Sigel. Und viele andere sonst gegensätzliche Positionen sind sich in dieser Hinsicht einig.

In der Geschichte der menschlichen Zivilisation war der Mann per se auch der Ausdruck für das schlechthin Menschliche. Die Frau hingegen war einfach das „Negativ" des Menschen, das Andere des Mannes, stellte Simone de Beauvoir fest. „Den Mann kann man ohne Frau denken, es ist jedoch unmöglich, sie ohne Mann zu denken", so M. Benda. Man kann die Zahl solcher Zitate noch vermehren. Die Frau wurde oft als Ergänzung zum Mann verstanden, und nur als solche. Daher kommen die neurotischen Fixierungen und die hysterische Begeisterung für Ambivalenzen, daher kommen die Extreme: Bald erscheint die Frau im europäischen Bewußtsein als schicksalhafte Carmen, als Mona Lisa, als Pikdame: das ist die sadistische Variante. Bald erscheint sie im Gegenteil, als Ophelia: das ist die masochistische Variante. Bald erhebt man sie auf den Thron, bald behandelt man sie geringschätzig als Sklavin: Fee oder Hexe, Jungfrau oder Hure, sündige Eva oder reine Maria. Die Frau ruft bald Entsetzen hervor, bald Ehrfurcht, sie entzückt und erschreckt. Sie ist der „dunkle Kontinent" (Freud). In fast allen Kulturen gibt es Aussprüche, die frauenfeindliche Einstellungen belegen oder in denen sich die Angst vor der Frau ausdrückt*.

Viele (Feministinnen und Nicht-Feministinnen) stellen sich mit Recht die Frage: Woher kommt diese ewige Ambivalenz der Gefühle in der Einstellung zur Frau?

---

* Gabrielle Robin, Les sources inconscientes de la misogynie (Paris 1977).

„Offenbar, weil die Frau unser Ursprung ist, unser geheimnisvoller und mächtiger Anfang."* So die Antwort von Monique Hèbrard.

Der Junge muß sich von der Mutter losreißen, von der Quelle der stärksten Genüsse. Es gibt moderne psychoanalytische Untersuchungen (z. B. von dem Amerikaner R. Stoller), die zeigen, daß das Mädchen sich nicht von der Mutter lösen muß, um eine Frau zu werden, während das Erwachsenwerden für die Jungen ein qualvoller Prozeß ist. Vom Anfang seines Lebens an kann das Mädchen sich so begreifen, wie es ist, während es für den Jungen unumgänglich ist, Anstrengungen zu machen, um ein Wesen männlichen Geschlechts zu werden. Sie lernt zu sein, er lernt zu handeln, um in die Welt der Männer hineinzukommen. Im Gegensatz zu Freud denkt R. Stoller** nicht, daß die erste Reaktion des Knaben auf seine Mutter heterosexuell sein muß. Seine These ist vielmehr: die Heterosexualität sei das Ergebnis einer langen, krisenhaften und schwierigen Arbeit. So kommt Stoller zu dem Schluß, der dem Freudschen entgegengesetzt ist: Die Weiblichkeit ist primär, die Männlichkeit sekundär. Andere Forscher (darunter De Money) glauben auch, daß der kleine Junge kämpfen muß, um sich von der ursprünglichen Symbiose zu befreien, die ihn mit seiner Mutter verbindet. Aber dies wird nur von einigen wenigen Psychoanalytikern und Gelehrten vertreten. Diese Entdeckungen werden erst heute gemacht, wo die ganze Welt schließlich angefangen hat, von der Frau zu sprechen. Ihr herkömmliches Schicksal im Rahmen der rauhen europäischen (auch der asiatischen) Zivilisation ist

* Monique Hèbrard, Dieu et les femmes (Paris 1982).
** R. Stoller, Faits et hypothèses: un examen du concept freudien de bisexualité, in: Nouvelle Revue de psychoanalyse, S. 150.

es, die Widerspiegelung des Mannes zu sein, der Ort seiner Projektionen: Sie selbst bestimmt sich in bezug auf ihn, und nicht er in bezug zu ihr. Aber wenn die Feministinnen nur negative Folgen dieses Seins als des Anderen sehen, so müssen wir Christinnen und Christen hier auch etwas Positives sehen:

Die Frau habe keine Substanz, sie existiere ausschließlich nur dank des Anderen: Kulturgeschichtlich gesehen, blieben Frauen bis in die jüngste Vergangenheit Objekte solcher negativen Fixierung. Selbstverständlich ist die Frau (wie jeder Mensch) keine Monade, die selbstzufrieden in sich selbst eingeschlossen wäre. Sie ist Offensein, Leere und Nichts, das auf Gott wartet. Gerade dieser Gedanke kam mir eines Tages in den Sinn, als ich mich fragte: Warum gibt es in den russischen (und nicht nur in den russischen) Kirchen heute hauptsächlich Frauen? Meine Erklärung: Der Mann verlangt immer noch danach, einen Platz in der Gesellschaft einzunehmen, eine Rolle zu spielen; er als Mann steht unter dem Zwang, sich dauernd selbst zu bestätigen, er hat ewig Ansprüche, jemand zu sein. Bei den Frauen ist das – de facto – weniger so. Ihre kulturgeschichtlich ausgeprägte Verhaltensweise ist nicht Handeln, sondern Sein oder (nach der Hegelschen Dialektik) Nichts. Wie schreibt doch Paul Evdokimov?: „Wenn es für den Mann charakteristisch ist zu handeln, so ist es für die Frau charakteristisch zu sein, und das ist der religiöse Zustand par excellence. Der Mann schafft die Wissenschaft, die Philosophie, die Kunst, doch er umgibt alles mit dem objektivierten Charakter organisierter Wahrheit. Die Frau aber ist jeder Objektivierung entgegengesetzt."* Kultur ist also immer

---

* Paul Evdokimov, Sacrement de l'amour (Paris 1980), S. 49f.

größer als eine Objektivierung: Das heißt, auch die Frau ist kreativ, muß diese Fähigkeit – aufgrund der kulturgeschichtlichen Entwicklung – aber aktivieren, um in allen Bereichen ohne die Objektivierungen kreativ tätig zu sein. Die Frau gibt der Welt ihre Seele, sie verwirklicht den Aufruf des Apostels Petrus, der „verborgene Mensch des Herzens" zu sein. Deshalb hat Christus den Umgang mit den Frauen so geliebt, ja sogar mit solchen, die erniedrigt waren, die folglich Frauen „zweiten Grades" waren – mit Prostituierten, Häretikerinnen, Ausländerinnen.

Die Objektivierung wird durch die Demut vernichtet. Das wissen die russischen Frauen gut. Sie sind ohne Gott emanzipiert. Sie haben die Freiheit, zu lernen und zu arbeiten. Sie sind in ein Lasttier verwandelt worden, vorzeitig gealtert, zermürbt vom Schlangestehen (beim Einkaufen), vom vielen Waschen, von den kranken Kindern und der Trunksucht der Männer. Mehr als das, jeder noch so mittelmäßige Mann denkt, daß er mehr sei als jede Frau (in der sowjetischen Gesellschaft sind die traditionellen Rollen-Vorstellungen noch sehr stark) nur, weil er ein Mann ist. Gerade deswegen, weil bei uns die Frau auch den Platz des Mannes eingenommen hat, gerade deswegen, weil sie stärker ist als er, notwendiger als er, wird sie noch mehr verachtet. Dem Mann bleibt doch nichts mehr, womit er sich brüsten kann – nur seine Zugehörigkeit zum männlichen Geschlecht. So findet selbst der verwahrloseste Trinker neben sich ein Wesen, das noch rechtloser ist als er – seine Frau, an der er alle seine schlechten Launen, seine Kränkungen und Erniedrigungen auslassen kann.

Für uns russische Frauen erschien das Christentum als Befreiung, als Heilung von allen Neurosen, Komplexen und Verletzungen, die auch durch solche Behandlung entstanden. Nur Gott emanzipiert, nur die Kirche befreit. Die Frau soll auch eine Frau, die Andere, bleiben: aber nicht als niedrigeres Wesen (oder als verzerrt höheres), sondern als dem Mann in jeder Hinsicht Gleichgestellte. Nach dem Bild der Heiligen Dreieinigkeit heißt dies: existieren als einzigartige, selbständige Person und als Person den Sinn und die Fülle des Lebens im Anderen finden. Erst in dieser personalen Dimension wird ein angstfreies und unneurotisches Verhältnis zwischen Mann und Frau möglich.

Zwei verschiedene Weisen, „anders" zu sein

Man kann auch behaupten, daß die Frau par excellence „Person" verkörpert. Denn das wesentliche Charaktermerkmal der Person ist: anders zu sein. Die Person ist in der Theologie der Kirchenväter des Ostens etwas Einzigartiges, Unbeschreibbares, absolut Anderes. Im Gegensatz zum Wesen, das bei den drei Personen in der Heiligen Dreieinigkeit gemeinsam ist. Das Wesen aber kann sich nur in der Unwiederholbarkeit der Person, der Personalität, ausdrücken.

Hören wir, was der orthodoxe Theologe Christos Yannaras sagt: „Das Eigentümliche der Person, ihre Andersheit zu definieren ist nicht möglich – es kann nur als Ereignis erfahren werden, nämlich als einzigartige, unvergleichbare und unwiederholbare Beziehung. Die Andersheit ist dem Begriff nach relational, sie wird stets definiert ‚in Beziehung zu etwas' und die absolute Andersheit kann nur als einzigartige, unvergleichbare und unwiederholbare Beziehung erfahren werden."[*]

[*] Christos Yannaras, Person und Eros (Göttingen 1982), S. 27.

Kulturell und geschichtlich gesehen ist die Frau immer in einer Beziehung zu etwas und zu jemandem. Gerade bei der Frau ist die Fähigkeit entwickelt, die eigenen Grenzen zu transzendieren, sich nicht in eine Sache, beschränkt in sich selbst, in einen selbstzufriedenen Stein zu verwandeln. Und gerade die Frau – die Mutter Gottes – wurde die absolute Beziehung zum Anderen, das erste Ereignis der christlichen Geschichte, das Urbild der Kirche. Die Mutter Gottes verwandelte sich ganz in Annahme, in das große „Ja" zu Gott*.

Man kann sagen, daß der Mensch grundsätzlich, sowohl in der Geschichte als auch im Ereignis nur deshalb existiert, weil er dieses „weibliche" Element der „Andersheit", des „Offenseins", der „Korrelationsfähigkeit" hat.

Natürlich gibt es de facto nicht nur das personale, das „hypostatische", sondern, wie gesagt, auch ein neurotisches, krankhaftes und sklavisches Verständnis des Anderen. Dieses betrachtet die Frau als Objekt für Projektionen und als Gegenstand von Kompensationen, auf die es seine Ängste, Komplexe und Aggressionen überträgt: Personale Beziehung wird dann zur Fixierung: die Frau wird nur noch in bezug auf den Mann als „Person" definiert und ist so in Gefahr, ihre Personalität zu verlieren. Gegen ein solches Verständnis des Anderen ist von Feministinnen schon genügend geschrieben worden. Sie haben sich dabei nicht selten sogar allzusehr angestrengt und überall – auch in symbolischen und kosmischen Dimensionen – Gewaltanwendung und Lüge gewittert: Manche Feministinnen bewerten z. B. Versuche in Dichtung und Mystik, das Anderssein zu vergeistigen, und

---

* Dieses „Ja" zu Gott war keine Passivität (wie manche Feministinnen behaupten), sondern höchstes schöpferisches Tun, Bewegung des Heiligen Geistes, der immer aktiv und fruchtbar ist.

damit auch die geschlechtliche Zuordnung männlich/weiblich auf einer anderen Ebene zu transzendieren, als Methode feindlicher Strategie: als ein Verfahren, der Sklaverei der Frau ein schönes Aussehen zu verleihen und sie zu „versüßen". Daß dies häufig auch geschah, das liegt nicht an der Dichtung oder Mystik, sondern an ihrer oberflächlichen Ideologisierung durch manche ihrer Ausleger.

Den Feministinnen muß man jedoch in dieser Hinsicht zustimmen: Die Frau ist frei, nicht weil sie die Frau von jemand, die Schwester von jemand, die Mutter von jemand ist, nicht weil sie in ewiger Abhängigkeit von den Menschen existiert.

Das Anderssein der Frau und der Grund ihrer Einheit liegen woanders – in der völligen Unabhängigkeit von Rollen und Stereotypen, in der Verwirklichung der konkretesten, nichtobjektivierbaren Freiheit, in der Personwerdung. Und die echte Liebe, die echte Mystik und Askese versklaven nicht, sondern öffnen, befreien von Ängsten, gestatten der Frau zu wachsen. Wenn sie Person geworden ist, kann die Frau wählen, was sie sein möchte: Ehefrau, Nonne, Mutter oder noch etwas anderes – „im Hause meines Vaters sind viele Wohnungen".

Hoffnung auf Maria

„Über dich, Freudenreiche,
freuen sich alle Geschöpfe"

In der heutigen europäischen Welt trägt das Künstliche den Sieg über das Natürliche davon. Im Jahre 1985 wurde im Centre Pompidou eine Ausstellung eröffnet, die „Die Nichtmateriellen" hieß. Dort konnte man sehen, an welche Abgründe der Menschenvernichtung und des Nihilismus das jetzige Jahrhundert gelangt ist. Die Maschine ersetzte den Menschen völlig. Sie ahmt nicht nur die intellektuellen Fähigkeiten des Menschen nach, sie kann auch Gerüche und Empfindungen des Tastsinns kodieren, alles – alles, was früher nur auf natürliche Weise möglich war. Man muß selbstverständlich nicht unbedingt in Ausstellungen gehen, um sich von der Künstlichkeit der Welt aus Eisen und Beton um uns herum zu überzeugen. Luft, Wasser, Stille sind etwas Seltenes geworden. Wälder, Gräser, Vögel, Tiere sterben. Die ökologische Krise der Gegenwart hat auch einen kosmisch-religiösen Hintergrund.

Das Mütterliche der Materie ist getötet worden. Die Gottesmutter im Christentum darf man natürlich nicht mit der Großen Mutter der alten Religionen gleichsetzen und sie als eine „Urmutter" denken. Heidnisch wäre es auch, zu sagen, daß die Gottesmutter die Mutter Erde ist, wie es Maria Lebjatkina in den „Dämonen" Dostojewskijs erzählt. Eine greise Nonne fragt sie: „Die Gottesgebärerin, was ist das, meinst du? – Die Große Mutter', antworte ich, ‚die Hoffnung des Menschengeschlechts.' – ‚So, sagt sie, ist die Gottesgebärerin die ‚Große Mutter Erde', und für den Menschen ist darin eine große Freude enthalten. Und jede Sehnsucht hier auf Erden und jede Träne hier auf Erden sind eine Freude für uns; und wenn du mit deinen Tränen unter dir den Boden eine halbe Elle tief tränkst, so wirst du dich sofort über alles auch freuen. Und du wirst keinerlei, keinerlei Kummer, so sagt sie, mehr haben, so lautet die Prophezeiung, sagt sie."

„Mutter – feuchte Erde" – an dieser Prophezeiung ist wahrscheinlich alles richtig, nur muß man ihren Sinn umdrehen: Die Gottesmutter ist nicht die Erde, aber sie heiligt die Erde, sie ist nicht das Wasser, aber sie heiligt das Wasser – wie viele Quellen sind mit ihrem wunderbaren Namen, mit ihren Erscheinungen verbunden! Einer der großen Verluste des historischen Christentums in Europa ist der Verlust der kosmischen Dimension. Mit anderen Worten: Der europäische Kosmos ist depersonalisiert. Wie oft wird unter Kirche – auch von ihren Anhängern – nur die äußere Institution verstanden oder eine kalte, nur aus dem Kopf kommende Predigt. Wie schwer fällt es dem Europäer, sich vorzustellen, daß der ganze Raum um ihn herum schwingt und vibriert. Die Mutter Gottes ist das Urbild der Kirche. Kirche – das ist nicht nur die sichtbare Kirche, das ist auch die „potentielle" Kirche – das sind alle Geschöpfe, die ganze Natur, „die nach Erlösung verlangt". Das Evangelium stellt den Menschen nicht der Natur gegenüber: „Wer von der Schönheit der Lilien des Feldes sprach, wer sich in schweren Minuten seelischen Kummers zurückgezogen hat in den schützenden Schatten der Zedern- und Olivenbäume auf Getsemani und dort inmitten des Aromas wohlriechender Blumen betete"*, der konnte nicht an die Natur denken als an etwas nur Eßbares, wo die Lilien des Feldes einfach zu „Salat" werden, und die Tiere zum „Braten".

Mit besonderer Kraft klingen heute die Worte des Starez Sossima aus den „Brüdern Karamasow" von Dostojewskij: „Brüder, lehrte er sie, laßt euch nicht abschrekken durch die Sünde der Menschen, liebt den Menschen auch in seiner Sünde: denn das gleicht der Liebe Gottes und ist der Gipfel der Liebe auf Erden. Liebt die ganze Schöpfung Gottes: das gesamte All und jedes Sandkörnchen. Liebt jedes Blättchen, jeden Sonnenstrahl. Liebt die Tiere, liebt die Pflanzen, liebt jedes Ding. Wer jegliches Ding liebt, wird auch das Geheimnis Gottes in den Dingen erfassen. Hat er es einmal erfaßt, wird er anfangen, es unaufhörlich Tag für Tag immer tiefer und mehr verstehen zu lernen. Und er wird schließlich die ganze Welt lieben in ungeteilter, allumfassender Liebe. Liebt die Tiere: Gott hat ihnen die Uranfänge des Denkens und die ungetrübte Freude gegeben. Stört ihnen diese nicht, quält sie nicht, nehmt ihnen nicht die Freude, widersetzt euch nicht dem Gedanken Gottes. Mensch, erhebe dich nicht über die Tiere: sie sind ohne Sünde, du aber mit deiner Erhabenheit bringst die Erde zum Faulen durch dein Erscheinen auf ihr und läßt eine eitrige Spur hinter dir – o weh, das tut fast jeder von uns! ..." „In dieser geheimnisvollen Vorausschau" – so kommentiert Rosanow Dostojewskij – „hat unser Psychologe das Maß des ‚Paradieses', den Rhythmus des ‚Paradieses' erahnt,

---

* W. Rosanow „Neben Kirchenmauern" (Sankt Petersburg 1906) I, S. 13.

seine nur erhoffte oder möglicherweise durch Traumbilder wieder in Erinnerung gekommene ‚Musik', nach welcher der Mensch sich mit dem Hirsch umarmen wird als mit einem ihn verstehenden Wesen; der Mensch wird mit dem Bären sprechen – wie es ein heiliger Einsiedler tat; wo sich die Fähigkeit zu verstehen zwischen Tier und Mensch auftun wird und ebenso eine verständnisvolle, ihnen beiden verwandte und ihnen beiden gemeinsame Freude, ja sogar Entzücken."*

In der orthodoxen Tradition schenkt die Gottesgebärerin diese paradiesische Freude und Begeisterung. „Durch dich werden wir das Paradies finden", singt unser Volk in den russischen Kirchen. Die Gottesmutter ist der „beseelte" Tempel, und durch diesen Tempel kam der Gottmensch zu uns. Der heilige Johannes von Damaskus ruft aus: „O Wunder, höher als alle Wunder!" – „O gesegnete Jungfrau, heiliger Tempel Gottes! In diesem Tempel wurde die Zweite Hypostase selbst geboren, die Dreieinigkeit ihrem Wesen nach eins und unteilbar ... Seit dieser Zeit finden wir in der Heiligen Schrift nirgends auch nur irgendeinen Hinweis darauf, daß der Heilige Geist die Gottesgebärerin verlassen hätte."

Der Tempel – das ist der Anfang, der in der Welt herrschen soll. Tempel, Kirche – davon kommt das Wort „Sobornostj", die grundlegende charakteristische Eigenschaft der Orthodoxie, besonders geliebt von den russischen Philosophen und Theologen. Das ganze Weltall soll der Tempel Gottes werden**.

---

* Ebd.
** „Die Kirche aller Geschöpfe als zukünftige Welt des Universums, die sowohl die Engel als auch die Menschen und jeden Atemzug auf der Erde umfaßt – das ist die grundlegende kirchliche Idee unserer alten religiösen Kunst, eine Idee, die auch in unserer alten Architektur

Wenn einer Religion ihr körperlich-kosmischer Reichtum entzogen worden ist, was leider in Europa geschehen ist, dann nehmen Menschen, die auf der Suche sind, ihre Zuflucht zu Surrogaten, sie erfinden ein neues „Heidentum". Unter den Feministinnen gibt es solche, die die christliche Religion ablehnen und es vorziehen, sich der Magie, der Zauberei, neuen und alten Ritualen zuzuwenden. Sie behaupten, die Magie sei körperlich, sie verlange die Beteiligung jeder einzelnen Frau, registriere ihr persönliches Befinden, ihre Energien. Während im Christentum, so scheint es solchen Feministinnen, das alles nicht in Betracht gezogen werde. Durch die Magie sei ein in sich abgerundetes ganzheitliches Verstehen der Welt möglich.

Diesen Feministinnen kann man zur Antwort geben: Es besteht keinerlei Notwendigkeit, bei der Suche nach der Fülle, bei der Suche nach der Einheit von Körper und Geist, bei der Suche nach dem göttlichen Eros (Mary Daly) und persönlichen Energien heidnische Rituale und magische Formen und Praktiken in Anspruch zu nehmen.

Es besteht keinerlei Notwendigkeit, die „Göttin in sich selbst" zu suchen, die uns mit dem Kosmos vereinigen und Energie fürs Leben geben könnte. Reich an all dem Gesuchten ist die große christliche Tradition selber, die heute von neuem entdeckt werden muß. Das Christentum ist nicht neurotisch und versklavend, sondern schöpferisch und offen, es erklärt alle Stufen der Geschichte und der Natur. Anstatt fragwürdige Mythen zu erfinden und sich in verworrene, wenig fruchtbringende Phantasien einzuüben, anstelle neuer Sekten gibt es das vollwertige Leben in der Kirche, die uns durch die Eucharistie in den kirchlichen Leib Christi verwandelt, die

Auf Ikonen, die der Gottesgebärerin gewidmet sind, kann man sehen, wie sie mit ihrem Mantel alle Geschöpfe unter dem Himmel schützt, die herumspringenden Tiere, die Vögel, die singen, und auch die Fische, die im Wasser schwimmen. „Über dich, Gesegnete, freuen sich alle Geschöpfe", heißt eine der Ikonen. Die Panagia, die Allheilige, stellt die ursprüngliche, paradiesische Beziehung, die zwischen Mensch und Tier bestand, wieder her. Die Tiere gehen zu dem Heiligen hin, weil sie in ihm den Duft des Paradieses wittern, so sagt der heilige Isaak von Syrien. Es vollzieht sich eine ganze kosmische Umwälzung, aus Freude entbrennt das Herz des Menschen in Liebe zu jedem Geschöpf. Die Welt ist kein Chaos, das liebende Herz der Mutter, das das ganze Weltall um sich herum sammeln soll, existiert. „Gerade auf den Ikonen, wo sich die ganze Welt um die Gottesmutter herum versammelt, erreichen die religiöse Inspiration und das künstlerische Schaffen der altrussischen Ikonenmalerei die höchste Stufe. Das Bild der Gottesmutter wird hier in seiner kosmischen Bedeutung gefestigt, als die ‚Freude aller Geschöpfe'"*. Die Mutter Gottes ist das Gelobte Land, aus dem „Milch und Honig" fließen. Freue dich, durch sie wird jedes Geschöpf erneuert!

und in der Malerei herrscht. Sie ist von dem heiligen Sergej Radoneschsky bewußt und tief ausgedrückt worden. Wie in seiner Lebensbeschreibung zu lesen ist, hat der heilige Sergej, nachdem er seine Gemeinschaft von Mönchen gegründet hatte, „der Heiligen Dreieinigkeit eine Kirche errichtet, als Spiegel für die von ihm zu einem Leben in einheitlicher Gemeinsamkeit Versammelten, damit das Schauen auf die Heilige Dreieinigkeit die Angst vor der verhaßten Zerteiltheit der Welt besiegen möge". Der heilige Sergej geriet hier in Begeisterung durch ein Gebet zu Christus und begeisterte auch seine Schüler, „und alles wird eins sein wie wir auch" Fürst E. Trebezkoj, Spekulation in Farben (Paris o. J.), S. 20.
* Trubezkoj, a. a. O., S. 44.

uns teilnehmen läßt an dem geheimnisvollen und wahren Leben – dem Leben in Christus.

Hoffen wider alle Hoffnung*

Die Mutter Gottes ist in Rußland immer verehrt worden. Die orthodoxe Kirche findet gleichsam keine Worte, um die Gottesmutter gebührend zu besingen, und kennt keine Grenzen für ihren Lobpreis. Man gibt ihr die schönsten, die zärtlichsten Namen. Sie ist die „Höchste aller himmlischen und irdischen Geschöpfe". Sie ist „die, die an Reinheit die Engel übertrifft", „durch sie findet das Menschengeschlecht die Rettung und das Paradies".

In unseren Kirchen singen wir: „Wir haben keine anderen Hilfen, wir haben keine anderen Hoffnungen außer dir, Herrscherin." Das russische Volk hat immer die Fürsprache der himmlischen Herrscherin gespürt. Aber heute wird dieser Beistand besonders stark bemerkbar. Das Volk, das einst gottgläubig genannt wurde, kommt heute in der Trunksucht um, das Land befindet sich am Rand einer Katastrophe. Es ist unmöglich, vor dem alles sehenden, unbarmherzigen Auge des Staates wegzulaufen.

Alle Hoffnungen auf Menschlichkeit sind geschwunden. Alles ist erprobt worden: Reformen und die Revolution – gerade als Resultat dieser menschlichen Umgestaltungen ist Rußland fast in eine Wüste verwandelt worden.

Und hier, am Rande des Abgrunds, kommt zu dem

---

* Predigt, gehalten am 15. August 1986 in Montpellier.

Menschen, der seine Verfehlungen bereut und es nicht wagt, seine Augen zum Himmel zu erheben, das grenzenlose göttliche Erbarmen. „Mutter der sofort erhörenden Hilfe", heißt bei uns eine der Lieblingsikonen der Gottesmutter. Sie hört alle Gebete und eilt zu Hilfe. Wie viele Wunder geschehen heute in der Nähe ihrer Ikonen! Uns blieb tatsächlich nichts mehr als ihre Fürsprache, als ihre Liebe. „Wir haben keine anderen Hilfen ..." So singen wir nicht, weil wir die grenzenlose Liebe Jesu Christi bestreiten ... Nein. Unser Volk richtet diese Worte an die Gottesgebärerin, weil es sich für unwürdig, für zu sündig hält, um sich sofort an Christus zu wenden. Ist Christus doch sowohl Liebe als auch Gerechtigkeit. Während seine Mutter nur Liebe ist, die nach nichts fragt und nichts verlangt. Wenn wir allein nach der Gerechtigkeit gerichtet würden, so würde kaum einer den Tod nicht verdienen.

Die Gottesgebärerin kommt zu dem Menschen, sie gibt Kraft, spendet Trost, gibt Freude. Eine solche Freude, daß der Mensch, der in der Welt lebt, keine Vorstellung davon hat. Nicht selten traf ich in russischen Kirchen und Klöstern Frauen und Männer, denen sie wirklich erschienen ist. Darüber liest man natürlich nichts in der sowjetischen Presse, davon zu erzählen ist gefährlich: Sofia Beljak zum Beispiel erhielt zehn Jahre Lagerhaft wegen der Verbreitung von Berichten über die Mutter-Gottes-Erscheinungen in Fatima. Die Mutter Gottes kommt in den schwierigsten Situationen: einem Mönch erschien sie in der psychiatrischen Klinik und entriß ihn den Händen des Wahnsinns gerade zu einem Zeitpunkt, als unter der Einwirkung von Medikamenten seine Psyche fast zerstört worden war. Ich habe davon erzählen gehört, wie die Mutter Gottes Menschen, die sich im Wald verirrt hatten, den richtigen Weg wies, wie sie einem Dorfarzt geholfen hat, eine sehr schwierige Operation am Herzen zu machen, wie sie das Kloster Pjuchtiza vor den Bomben bewahrte, die überall in der Nähe einschlugen, aber dem Kloster keinerlei Schaden zufügten, und viele, viele andere Zeugnisse, dankbare, begeisterte, geheimnisvolle. Überall zeigt man kleine Berge, wo ihr Fuß gestanden hat, kleine Birken, über denen sie schwebte, Quellen, die auf ihr Gebet hin der Erde entsprungen sind.

In allen Klöstern kann man hören: Hier tut der Mensch gar nichts, hier geschieht alles durch die Gottesmutter.

Nahe ist sie auch dem Herzen der einfachen russischen Frau, den Menschen mit verworrener Seele und schwierigem Schicksal, den Menschen, die in Frieden leben, und anderen, die Unglück erlebt haben, die im Lager, im Gefängnis waren.

Der hervorragende Schriftsteller Jurij Dombrowskij, der Jahrzehnte in sowjetischen Lagern verbrachte, führt die nach damaligen Maßstäben unglaubliche Amnestie des Jahres 1953, nach dem Tod Stalins, auf die Fürsprache der Gottesgebärerin zurück:

Sogar in der Hölle stellt sich Hoffnung ein,
wenn die Mutter Gottes, die Gottesgebärerin,
meine makellose Jungfrau,
die höllischen Zonen betritt.
Sie geht durch die verfluchten Kreise,
sie wird ganz erschüttert von den Wohltaten,
und ohne auszuwählen,
reicht sie jedem fünften ihre kleine Hand ...

Der große Starez J. erzählte uns, wie er mit gefährlichen Verbrechern zusammensaß. (Fast alle unsere Starzen saßen in den Lagern mit den bösartigsten Verbrechern zusammen, weil sie auch hohe Haftstrafen hatten.) Vater J. sah, wie einer von ihnen jeden Abend zur Gottesgebärerin betete. „Und ich wußte", sagte der Starez, „daß er viele Menschen umgebracht hat, aber ich wußte ganz sicher, daß er gerettet wird."

Die Mutter Gottes, die auf dem Gipfel der Heiligkeit steht, ist ein vollkommen innerlicher, geheimnisvoll unsichtbarer Mensch. Sie ging durch die engste Pforte. Das Verständnis der Heiligkeit als etwas Innerliches, Unsichtbares, für den Verstand und für den schwerfälligen irdischen Gesichtssinn Unfaßbares ist in der Orthodoxie sehr entwickelt. In der altrussischen Sprache fällt das Wort „Schande" mit dem Ausdruck „das, was gezeigt wird" zusammen. Wie die Einsiedler und Asketen sagten, hört jede beliebige Tugend auf, eine Tugend zu sein, wenn sie sich offen zur Schau stellt.

Mit größtem Geheimnis umgeben ist alles, was mit der Gottesgebärerin zusammenhängt. Mit ihr beginnen die neutestamentlichen Wunder. Die Geburt eines kleinen Kindes von einem bescheidenen jüdischen Mädchen ist das erste christliche Wunder. Was für ein Unterschied zu den großartigen und prachtvollen alttestamentlichen Wundern, bei denen das Meer sich teilte und Schlangen vom Himmel herab fielen. Und hier – die Geburt eines kleinen Kindes von einem unscheinbaren Mädchen. Dieses, äußerlich gesehen, so unbedeutende Ereignis wird das Zentrum der Geschichte und kehrt die Welt um. Was kann geheimnisvoller sein als das?

In christlicher Sicht personalisiert sich die Geschichte. Und man kann sagen, daß wir gerade heute im Jahrhundert der Gottesmutter leben, weil wir in einer apokalyptischen Epoche leben. Die Menschheit nähert sich dem Ende des zweiten christlichen Jahrtausends, wo die Widersprüche und die Extreme des Lebens besonders sichtbar apokalyptisch sind, d. h. offen daliegen. In Rußland haben wir die apokalyptische Erfahrung durchgemacht, wir haben probiert, das Reich Gottes auf Erden zu errichten. Ein Mönch des Petschorer Klosters hat einmal gesagt, die Apokalypse habe bei uns im Jahre 1917 angefangen. Aber auch im Westen, wo Hitler von dem „neuen Menschen" sprach, wo in unserem 20. Jahrhundert das menschliche Leben den geringsten Wert besaß, blieben nur die Extreme: Gott oder der Teufel. Der traditionelle Humanismus ist kraftlos. Der Mensch kann nicht mehr ohne Gott oder ohne den Teufel begriffen werden. Und die „Frau, von der Sonne bekleidet", kämpft mit dem Drachen. Sie, die sanftmütigste und die stärkste. In ihr werden überhaupt alle Extreme des christlichen Gottmenschen noch extremer, noch apokalyptischer. Schon der Herr Jesus Christus gab die letzte Spannung für unser Leben: Es gibt keinen Augenblick, der höher und positiver sein könnte als seine Auferstehung, und keinen Augenblick, der niedriger und zerstörender sein könnte als sein Tod. Die Mutter Gottes war, indem sie den Willen des Herrn erfüllte, vollkommen transparent. Ihr Gehorsam zeigte sich auch darin, daß die Extreme des Gottmenschen in ihr noch extremer, noch apokalyptischer wurden. Ihre Sanftmut, ihre Unscheinbarkeit, ihr Schweigen und das Schweigen über sie in den Evangelien, ihre Liebe, die so apokalyptisch ist, daß sie nach nichts fragt, daß sie nicht einmal an Gerechtigkeit denkt – all das sind Extreme, all das ist „Kenosis (d. h. Armwerden) über die Kenosis hinaus", all das ist „Hoffen wider alle Hoffnung".

Das *frauenforum* – *nicht nur für Frauen*

Frauen entdecken die Bibel
Herausgegeben von Karin Walter

Frauen beider Konfessionen erzählen von ihren ganz persönlichen Erfahrungen und eröffnen dem Leser faszinierende Perspektiven, die sie aus der Lektüre der Bibel gewonnen haben.

3. Auflage, 200 Seiten, Paperback. ISBN 3-451-20789-3

Ernst Gutting

Offensive gegen den Patriarchalismus

Ernst Gutting rückt die Frage nach der Frauenemanzipation in eine umfassende Perspektive. Er benennt und analysiert wichtige Aspekte der Diskriminierung, auch der theologischen und kirchlichen.

2. Auflage, 176 Seiten, Paperback. ISBN 3-451-20931-4

Martha Krause-Lang

Nie mehr so schön wie Sulamith

Mit Charme und Witz, aus großer Lebenserfahrung und mit tiefem menschlichem Humor schildert Martha Krause-Lang die kleinen und großen Widrigkeiten des Älterwerdens, aber auch die „große Freiheit", die anbrechen kann.

168 Seiten, Paperback. ISBN 3-451-21126-2

Anneliese Lissner

Du läßt Dich finden in uns selbst

Texte, in denen Frauen ihre geistlichen Erfahrungen, ihre Hoffnungen und ihre Verzweiflung wiederfinden können.

144 Seiten, gebunden, zweifarbig. ISBN 3-451-21018-5

Karl Mittlinger

Du bist eine von uns

Mittlingers Gedichte stellen Maria in den Zusammenhang von Erfahrungen und Hoffnungen, die sensible und engagierte Frauen heute bewegen. Mit einem Nachwort von Marianne und Walter Dirks.

64 Seiten, gebunden. ISBN 3-451-20929-2

Marina Schnurre / Renate Kreibich-Fischer
Ich will fliegen, leben, tanzen

Die Autorinnen zeigen, wie man der Angst und der Krankheit menschlich begegnen kann. Ihr Buch durchzieht die hoffnungsvolle Erkenntnis, daß Krankheit kein unausweichliches Schicksal zu sein braucht.

2. Auflage, 168 Seiten, Paperback. ISBN 3-451-20932-2

Zwischen Ohnmacht und Befreiung
Biblische Frauengestalten
Herausgegeben von Karin Walter

Aktuelle Fragen christlicher Existenz im Blick auf große „Mütter des Glaubens" im Alten und Neuen Testament von bekannten und engagierten Theologinnen gedeutet. Ein spannungsvolles Spektrum mutiger, leidvoller und kreativer Verhaltensweisen. Aber auch Möglichkeiten, durch die Beziehung auf den befreienden Gott die Wirklichkeit zu verändern.

ca. 172 Seiten, Paperback. ISBN 3-451-21031-2

Harriet Straub

Rupertsweiler Leut
Frauengeschichten vom Dorf

Ungewöhnliche, heitere Dorfgeschichten, in denen Frauen die Hauptpersonen sind: couragiert und mit Witz setzen sie sich gegen die Männerwelt durch. Eine Wiederentdeckung voller Humor und erzählerischem Charme.

120 Seiten, gebunden mit Schutzumschlag. ISBN 3-451-21183-1

Mädchen für alles – Emanze vom Dienst?
Unsere Erfahrung mit der Kirche
Herausgegeben von Leonore Rambosek

In der Kirche engagierte Frauen, aus der älteren und jüngeren Generation erzählen von ihren Erfahrungen und Hoffnungen. Mit Beiträgen von Erika Weinzierl, Andrea Schwarz, Gertrud Casel, Evi Meyer, Margarete Schmid, Michaela Pilters, Magdalena Bussmann u. a.

ca. 160 Seiten, Paperback. ISBN 3-451-21084-3

Verlag Herder Freiburg · Basel · Wien

Bücher von und mit Tatjana Goritschewa

Die Kraft christlicher Torheit
Meine Erfahrungen

„Ein Buch der Hoffnung und des schonungslosen Gerichtes. Eine leidenschaftliche Mahnung, dem Glauben – im Osten wie im Westen – neue Bahnen zu brechen" (Aachener Volkszeitung).

4. Auflage, 128 Seiten, Paperback. ISBN 3-451-20338-3

Von Gott zu reden ist gefährlich
Meine Erfahrungen im Osten und im Westen

„Kaum ein Buch in den letzten Jahren ist so erschütternd, herausfordernd und unruhig machend" (Rheinischer Merkur).

16. Auflage, 128 Seiten, Paperback. ISBN 3-451-20011-2

Nadjeschda heißt Hoffnung
Russische Glaubenszeugen unseres Jahrhunderts

Den Kern dieses Buches bilden Texte, die Tatjana Goritschewa aus der russischen Untergrundzeitschrift „Nadjeschda. Die Hoffnung" ausgewählt hat. Es sind Zeugnisse von und über russische Christen, ihr Leben, ihre Weisheit und ihre Leiden in einem atheistischen Staat. Die ungebrochene Lebendigkeit orthodoxer Spiritualität wird hier für den Leser zu einem Erlebnis, das Spuren hinterläßt.

2. Auflage, 144 Seiten, Paperback. ISBN 3-451-21020-7

Verlag Herder Freiburg · Basel · Wien